侬绝对是摸子

曹宇 著

中国戏剧出版社
CHINA THEATRE PRESS

图书在版编目（CIP）数据

侬绝对是模子 / 曹宇著 . -- 北京 : 中国戏剧出版社，
2025.4. -- ISBN 978-7-104-05615-7

Ⅰ . I247.5

中国国家版本馆 CIP 数据核字第 2025QD0931 号

侬绝对是模子

责任编辑： 赵宇欣
责任印制： 冯志强

出版发行：	中国戏剧出版社
出 版 人：	樊国宾
社　　址：	北京市西城区天宁寺前街 2 号国家音乐产业基地 L 座
邮　　编：	100055
网　　址：	www.theatrebook.cn
电　　话：	010-63385980（总编室） 010-63381560（发行部）
传　　真：	010-63381560

读者服务：010-63381560
邮购地址：北京市西城区天宁寺前街 2 号国家音乐产业基地 L 座

印　　刷：	三河市龙大印装有限公司
开　　本：	710mm×1000mm　1/16
印　　张：	14
字　　数：	190 字
版　　次：	2025 年 4 月　北京第 1 版第 1 次印刷
书　　号：	ISBN 978-7-104-05615-7
定　　价：	145.00 元

版权专有，违者必究；如有质量问题，请与出版社联系调换。

目 录

序幕   1

CHAPTER 1   弄堂里额碟片   5
CHAPTER 2   苏州河桥下   15
CHAPTER 3   时光倒流咖啡馆   23
CHAPTER 4   山上下来的小爷叔   31
CHAPTER 5   情感暗角里的掠夺   41
CHAPTER 6   砸电话亭   53
CHAPTER 7   鸡爪上刮油水   65
CHAPTER 8   我们爱好和平　但绝不怕战争   75
CHAPTER 9   玉兰香餐厅小聚义   85

NONG JUEDUI
SHI MUZI

目 录

CHAPTER 10	鹿特丹唐人街	97
CHAPTER 11	箱根温泉	103
CHAPTER 12	千禧年	121
CHAPTER 13	孤独过后便是成长	133
CHAPTER 14	功德箱	141
CHAPTER 15	演唱会	151
CHAPTER 16	房产中介	165
CHAPTER 17	阿诈利	177
CHAPTER 18	利差	189
CHAPTER 19	魔都的冷雨	203

附录 / 上海话与普通话对照表　　　217

序幕

自从人类形成了最初的原始文明后，统治这个世界的那些大人物由于是众望所归，则成为被人们拥戴的英雄。

英，是指才能出众的人；雄，是指有力量、有气魄的人。

从此，只有那些有才能、有力量的英雄人物，才配高居这个世界金字塔塔尖之上，成为统治者与领导者。

"王侯将相宁有种乎"，秦二世元年（前209），一个叫陈胜的小人物，一声怒吼，让这个世界的统治者们知道了那些底层的小人物并不甘心做蝼蚁，他们的内心也是有梦想的。

再后来，一个叫刘邦的底层小人物成功逆袭，变身英雄，夺取了天下，成为西汉开国皇帝汉高祖。

曾经这个世界的统治与管理是被多层次划分的。

执政者使用法律来管理整个国家。

在法律无法触及的地方就交由各家族的老人，靠道德与族规来管理、约束家族成员。

我们经常提到两个字——靠谱。由家族编写进族谱的人，即靠谱的人；而犯了族规或者违反当时的道德准绳被家族清除出去的人即逐出家族的人，也就是没被编写进家谱的人，即不靠谱的人。过去和这种在族谱中没有名字的人交往，一般人是会抵触的，因为和这些人打交道是完全不靠谱的事儿。

这些人生活在社会最底层，平日里一般游手好闲且好逸恶劳，不受家族与世俗道德礼教的约束，也有很多是各地到处流窜的流民，这群人怎么办？谁来管理他们呢？

偏偏这群人中还不乏陈胜、刘邦这类不甘被社会嫌弃、压迫，一心想要出人头地的狠人。

这群人也就成了整个社会最不稳定的那群人。

汉代第七位皇帝——汉武帝刘彻，下令杀了一个叫郭解的小人物，并且还夷灭了郭解三族。

那一国之君为什么会下令杀一个小人物呢？

在没开始讲我们的故事之前先来介绍一下郭解吧。

郭解这个人就是不安定人群中最特别的一位，他个子矮小，精明强悍，从小就残忍狠毒，杀过很多人。他还敢藏匿亡命徒，并一起去拦路抢劫、私铸钱币、盗挖坟墓，总之，他做的违法乱纪的事情数不胜数。

当时很多年轻人都仰慕他，以他为偶像，模仿他的行为。

有一次，有个儒生陪同前来调查郭解的使者在酒馆闲坐，听到邻座一个郭解的崇拜者在称赞郭解。

儒生反驳说："郭解专爱做奸邪犯法的事情，怎能说他是贤人呢？"郭解的崇拜者听到这话后大怒，拔刀直接杀了这个儒生后扬长而去。

官吏去责问郭解，令其交出凶手，而郭解确实不知道杀人的是谁。

官吏就向皇上报告，说郭解无罪。

御史大夫公孙弘愤慨道:"郭解以平民身份玩弄权诈之术,因小事而杀人;郭解自己不知道,这个罪过比他自己杀人还严重,应判处郭解大逆不道之罪。"

于是汉武帝就诛杀了郭解以及他家三族。

自此,郭解家族侥幸逃脱的人及郭解的那些崇拜者都由明处转入暗处,形成了各式各样的黑暗秘密组织,由组织中的狠人领导管理着无视法律和族规的那些社会不稳定人群,他们做着违法、违规的偏门买卖,为求得一丝生存空间。

离我们年代比较近的,大家比较熟悉的人物有民国时期上海三大亨——黄金荣、杜月笙、张啸林等耳熟能详的人物。

这些人叱咤风云,雄霸一方,看着风光无两,但也常常会沦为被扔到角落的夜壶。

即便如此,郭解的崇拜者及追随者也是前赴后继……

接下来所讲述的故事纯属虚构,各位读者朋友千万不要去模仿,请勿对号入座,本人只是借社会上出现的一些歪风邪气及违法犯罪行为做个反诈宣传,便于大家分辨是非,避免受骗上当,保障人身及财产安全,千万不要听信一夜暴富这种谎言,请各位读者珍惜当下美好生活,警惕天上是不可能掉馅饼的,地上可能处处布满了陷阱。

好了,现在就拉开序幕,让大家进入这充满魔幻离奇的世界,体会、感悟一下游走在悬崖边上的那些人是如何富贵险中求,如何在夹缝之中求生存,以及最后得到应有的惩罚的。

> 人生是坎坷的，人生是崎岖的。要坚信，在人生中只有曲线前进的快乐，没有直线上升的成功；只有珍惜今天，才会有美好的明天；只有把握住今天，才会有更辉煌的明天。

2015年8月17日，意大利科莫湖。

"姆妈，阿拉（俚语：我们）是上海人，为啥不住在上海，要待在这个地方啊？爸爸到底去了啥地方？伊啥辰光回来啊？"

"宝贝，这里不好吗？这里嘎漂亮啊！侬爸爸嘛，过几天应该也快要回来了。"

"对了姆妈，刚刚洋葱头阿叔来讲，伊今天钓了一条老大额鱼，叫我和侬一道去伊屋里厢吃夜饭，还有弥勒佛阿叔也去额。"

"哦，晓得了，侬通知一下阿姨，今朝夜饭不要做了，阿拉到洋葱头阿叔屋里厢去吃。"

"哦！姆妈，侬帮我讲讲，侬哪能和我爸爸认识额啊？"

听到女儿的提问，正望着湖面发呆的这位美丽妇女一下把思绪拉回到了二十多年前，那年她才23岁……

一千个人就有一千种生存方式和生活道路。

要相信夜晚的太阳也能放出光芒，只不过照射在地球另一端。人的心也一样，人的情也一样，有时不是我们冷漠，而是我们的疏忽，是生活的无奈，使我们忘记了心中还有绚丽的彩虹。

二十多年前,上海。

阿拉额故事现在要回到20世纪的上海。那年刚刚过了中秋节,天气逐渐转凉,桂花的清香味儿弥漫在整个魔幻的都市,清晨,静得深邃,太阳洒下点点光辉,阳光透过树枝,透过纱窗,略带暖意,包裹在郭小光的身上。

郭小光是那些黑暗秘密组织的铁杆崇拜者,他虽然也姓郭,但和序幕里说的郭解没有半毛钱关系。他是从小痴迷地看着发哥(周润发)的电影《英雄本色》《江湖情》,还有"古惑仔系列"电影成长起来的那一代人。

郭小光中学毕业后一直没有找到合适的工作,待业在家整天无所事事。郭小光在家是待不住的,天天在外面瞎混,家就是晚上回来睡觉的地方,饿了就打个电话通知爸爸妈妈今天回家吃饭的地方,当时社会上统称他这样的人为待业青年或者小阿飞(俚语:小流氓)。

郭小光个子不高,有175厘米左右,为人聪明,反应极快,一双细长的小眼睛,圆圆的脸上长了些雀斑,身体很壮实,留了一个当年大卫·贝克汉姆(David Beckham)留过的莫西干发型。留这种发型一定是要巴掌脸,且长脸形的人才好看,由于郭小光是个大头大圆脸,他留这种发型远看就像人肩膀上顶着一个大洋葱,所以江湖人称洋葱头。

洋葱头郭小光和往常一样在石库门家里的小阁楼上,把五十几张没有内容的光碟贴上性感妖艳的女人图片,图片上有那种身材凹凸有致的欧美女人,也有日本爱情片中的女人,且个个拗着不可描述的造型。

贴好以后,洋葱头郭小光的小眼睛顿时一亮,盘算着几十块钱的本钿,立马可以变成几千块了,晚上Disco舞厅的门票和啤酒铜钿都落实了,哈哈哈……还盘算着如

上海南京路街景

果在舞厅里搓到女人（俚语：泡妞）还可以带去乍浦路或黄河路上的餐厅吃个夜宵，真的是想想也惬意啊。

"生活清爽！"郭小光喃喃自语，然后抓了一件划出衫又自言自语道："打仗起咯。"而后，便急急忙忙地出门去了。

划出衫是啥意思？其实划出是上海地区的俚语，是混街面的流氓阿飞扒窃钱包的意思，他们称为"开划出"。划出衫其实就是一件夹克衫，因为设计成手腕和下摆是收口的，故可以藏不少东西，去个超市或者商场，手一伸一缩就可以顺走不少东西，因此深受广大社会闲杂人群的喜爱。

"打仗起咯"的打仗也是上海俚语——"打仗模子"，为20世纪那批待业在家的小青年混街头的俚语，一般是指贩卖各种票据或外汇的黄牛，他们称之为打票仗，其他混马路街面各种歪门邪道的生意统称为打仗，例如，路边设摊点赌博骗钱的、北京路上哄骗采购人员强买高价五金配件的，等等。反正只要做走在法律边缘生意的统称为打仗。

在整个过程中有"撑毛"（俚语：望风的人员）、有"枪手"（俚语：需要露脸、曝光的操作人员）、也有"翘边模子"（俚语：托），大家各司其职，当撑毛的看到警察便大叫一声"老派来了"，所有人各自逃散，每天和打仗差不多，一天到晚提心吊胆的，所以称为打仗模子（俚语：街头混混、黄牛）。是不是很形象？

郭小光来到了徐家汇的一条弄堂口，见弄堂内的一个水井盖上蹲着一人，长得是人高马大，蹲着感觉就和郭小光差不多高，其目测不低于200斤，剃了一个板刷头，满脸的横肉，一双三角眼，一笑起来眼睛都看不到了。

"弥勒佛"郭小光大喊一声走上前去。

"洋葱头侬来了太晚了，我在这里蹲得脚也麻特了。"只见那位被称为"弥勒佛"

的大个子缓缓站起来，身高足足有190厘米，郭小光仅到他耳朵的位置。

"弥勒佛"真名叫莫思文。名字虽然是不要斯文，人也长得五大三粗，孔武有力，但其实他心思很细腻，关键时候戏很足。

郭小光赶紧上前递了一根百乐门香烟说："我不要在家做生活额啊。"

然后拉开划出衫拉链，露出一个马夹袋，里面隐隐约约看到一包黄碟（当然这些所谓的黄碟里面是没有任何涉黄内容的，如果贩卖真的黄碟被公安人员抓到是要被判刑的），所以也就封面是黄片的样子，内容若不是空白的，就有可能是《米老鼠和唐老鸭》这种动画片。郭小光自己拿了几张放在划出衫的内插袋里，其余的都交给了莫思文。

然后郭小光自己也点燃一根百乐门香烟深吸了一口说："老规矩，我到外面逗巴子（俚语：找傻子），侬边上看着，我带巴子领进弄堂后侬出来把弄堂出口一堵，叫侬就过来，晓得了哇？"

"有数了，有数了，侬嘎啰唆做啥，快点去逗巴子呀！"莫思文不耐烦地说道。

郭小光晃着洋葱头脑袋自言自语道："册那（俚语：口气用语类似"他妈的"）大块头，没清头，乌里麻里（俚语：啰唆、烦人）做啥。"

郭小光走到路口交叉处，眼睛滴溜溜地盯着路过的行人，等待着目标人物的出现。

没过多久，郭小光发现了两个目标人物。

迎面走来两个人，一个是40岁左右，戴一副黑框眼镜，身材略显发福的男子，另一个高高瘦瘦的，戴了一副金丝边眼镜，有30多岁。

"朋友黄带要哇？"郭小光凑近他们身边故意压低了声音问道。

黑框眼镜停下脚步，犹豫了一下说："多少铜钿一张？"

"十五元一张，欧美的、日本的都有。"郭小光一边拉开划出衫拉链露出几张光碟给他们看，一边接着说："马路上人多，我们到弄堂里你们慢慢挑选吧。"

金丝边眼镜和黑框眼镜对视了一眼，转过脸同时点头说了句："好额。"

转身就跟着郭小光来到了有莫思文守候的那条弄堂内。

郭小光从衣服里掏出几张光碟给金丝边眼镜和黑框眼镜挑选，然后用眼睛斜看弄堂口，只见莫思文硕大的身躯靠在墙上，一边抽烟一边用三角眼瞟着弄堂内。

"朋友阿拉就要这四张，一共六十元对哇？"金丝边眼镜说着拿出皮夹子从里面抽出两张人民币，一张面额五十元，一张面额十元，同时递给了郭小光。

郭小光眼睛一瞄看到金丝边眼镜皮夹子里那厚厚的足足有三千元的一沓人民币后，心里一下就有底了，连忙接过钱说："朋友我这里还有好片子了，什么花花公子全集、阁楼全集，还有饭岛爱全集都有，你们要看看哇？"

金丝边眼镜和黑框眼镜觉得交易很顺利，这个莫西干发型的洋葱头小混混人还不错，所以一下放松了警惕。

黑框眼镜说："好的呀，有好的嘛早就应该拿出来呀。"

"都在我朋友那里，我叫他过来。"郭小光边说边向弄堂口的莫思文招手示意。

莫思文三步并作两步走了过来，从怀里拿出一包碟片交到郭小光手里。

郭小光再转交到黑框眼镜手上，看着他们二人不停地翻看挑选着就接着说道："好东西都在这里了，这点精品打包便宜点儿一起给你们吧，算你们三千元。"

金丝边眼镜和黑框眼镜顿时傻眼了，急忙说："嘎贵啊！阿拉不要了。"

"白相我啊！（俚语：玩我）"莫思文用他的三角眼斜斜地瞪着金丝边眼镜和黑框眼镜。

郭小光在边上附和道："嘎便宜的价格卖给你们，够意思了，做我们这种生意额不是小菜场里可以讨价还价的，东西拿来了看过不想要了，啥辰光有这种事体啊。"

"阿拉没有钞票啊,所以不想要了呀。"金丝边眼镜颤颤巍巍地说道。

"一歇歇要,一歇歇又不要,(俚语:一会儿要,一会儿不要)呐是不是中饭没吃饱,想要弄顿生活吃吃啊(俚语:被打一顿的意思)?"郭小光不耐烦地说道。

莫思文接着怒道:"没有铜钿叫我过来做啥?册那!想要吃刷子(俚语:用匕首捅)是哇?"然后拍了拍后腰暗示腰上暗藏凶器。(其实,他腰上除了肥肉什么都没有。)

郭小光看到金丝边眼镜和黑框眼镜吓得脸煞白,随时要哭出来,觉得时机已到,急忙打圆场说道:"好了好了,不要搞了,也没有几个铜钿搞出人命官司来了,'青头皮'上次卖碟片捅死人现在还在亡命天涯,大块头侬也不要冲动,这样吧,算我吃亏点儿,再给你们便宜点儿,两千八百元,你们赶紧拿了东西走吧。"

金丝边眼镜和黑框眼镜再次互看了一眼,黑框眼镜对着金丝边眼镜说:"我们一家一半,回公司我给你钱吧。"

郭小光和莫思文拿了钱后看着金丝边眼镜和黑框眼镜远去的背影,一转身闪到弄堂的另外一个出口,神抖抖地往一家叫时光倒流的咖啡馆走去。

郭小光边走边说:"刚刚二个嘎亮(俚语:戴眼镜的人)听到我瞎编一个什么'青头皮'捅死特人,伊拉(俚语:他们)都吓戆特了(俚语:吓傻掉了)。"

莫思文笑嘻嘻地接口:"嘎亮骚,嘎亮不骚天火烧。"

二人有说有笑的,不一会儿就来到了时光倒流咖啡馆门口。

只见柜台里站着一个貌美艳丽的女子,身高168厘米左右,丰乳、细腰、翘臀,身材极好,长得像极了当年《赌神2》中口叼扑克牌红极一时的香港女明星邱淑贞(Chingmy Yau)。

看到她站在咖啡柜台里,郭小光急忙上前打招呼问好:"云云侬今朝也过来了啊?一鸣有什么消息哇?"

此女名叫唐纤云，是东方航空公司的一名空姐，这家咖啡馆是她的男朋友李一鸣开的。

"一鸣来信了。"唐纤云低声说道。

唐纤云拿出一封李一鸣给郭小光和莫思文的信。

李一鸣一共来了两封信，一封是给唐纤云的分手信，说以后发展成什么样不知道，让她不要等他了；另一封是给郭小光和莫思文报平安的信。

对于没有背景,只有背影,且一事无成的人,不应该去适应,更不应该去忍受,而是应该默默地去努力,去实现每一个自己吹过的牛皮。

李一鸣、郭小光、莫思文三人是从小一起长大的叉裤兄弟(俚语:发小、好朋友),他们住在同一条石库门弄堂里,一起长大,一起上小学、中学,中学毕业后就各自发展了。

郭小光待业在家;莫思文上了技校,毕业后也待业在家;李一鸣高中毕业后没有考上大学,然后也就待业在家,天天和郭小光、莫思文一起白相(俚语:玩)。

李一鸣身高约180厘米,体型匀称,不胖不瘦,长相俊朗,初中时和郭小光一起在柔道房里进行过专业柔道训练,并且又和莫思文一起去练过散打,腔调(俚语:气质、气场)有点像在香港警匪电影《无间道》中饰演少年时期陈永仁的叫余文乐(Shawn Yue)的电影明星,三人走一起自带男主角光环,从小到大三人中拿主意拍板的人基本都是他。

那么,为什么练散打,为什么郭小光没有一起呢?其实他们三个人中身手技巧数李一鸣最好,力气数莫思文最大,有句话叫"一力降十会",所以三人中莫思文是最能打的人,但数郭小光手最黑,胆子也最大,每次打架总会看到几个人捂着脑袋前面跑,后面有个人顶着洋葱头似的大脑袋,手握板砖或西瓜刀在后面骂骂咧咧地追着,郭小光认为打架讲究的是出手狠、魄性大,什么散打、拳击、跆拳道、空手道都不如腰里别把切菜刀来得痛快。

后来李一鸣出主意，由他们三个人连档（俚语：合伙）在苏州河桥下设猜香瓜子单双的赌摊来赚钱。

"选择用瓜子猜单双的好处是这种模式还不多，选择飞牌（一种靠三张扑克牌猜红黑的街头骗局）什么的已经太多了，人家都知道是骗局不容易上钩。"李一鸣分析得头头是道。

说干就干，先从铅笔盒上拆一块磁铁，再找一块小木板中间挖个洞放入磁铁，用橡皮泥和502胶水固定，然后用木纹纸贴住整块木板，从外面是看不出内有乾坤的，再买一包香瓜子挑一颗出来，剥开拿走瓜子仁放入一小块磁铁，用502胶水粘住，找个小碗或者茶盅，准备工作就基本完成了。

接下来，他们找了两个初中刚刚毕业的小朋友在路两头撑毛，由郭小光做枪手，李一鸣和莫思文做翘边模子，用粉笔在地上写了一个双，一个单，看到路上行人一多，三人就开始白相起来了。

先由郭小光拿出六颗香瓜子，其中一颗是有磁铁的，手一抖放入碗内，迅速盖上暗嵌磁铁的木板说："来来来，看看是你眼快，还是我手快？"

李一鸣和莫思文看到是六颗瓜子却说看到五颗，便各押了一百元在单上面后，郭小光轻轻地抬起木板，碗内真的是五颗香瓜子，其实一颗已经吸在木板上了，然后笑着赔给李一鸣和莫思文各一百元，附近不知情的人看到真的能赢钱，就围了上来一起参与，郭小光再放了六颗香瓜子继续叫道："来来来，看看是你眼快，还是我手快？"

大家都看到是六颗都押双，只有李一鸣和莫思文押了单，郭小光再次掀起木板的时候，在碗口边缘不经意地慢慢一刮，把吸在木板上有磁铁的那颗香瓜子刮入碗内，等大家看到的时候已经变成七颗香瓜子了。

"单！1、2、3、4、5、6、7，册那七颗，再来再来！"大家愤愤不平地叫嚣着。

这种街头赌博，都是骗局，每次只有押钱少的一方才能赢钱，因为操盘的人只会赢钱多的一方，不然自己要赔钱。当然你赢一两把就要脱身离开，不然你当别人是戆大啊，无缘无故送钱给你，你也会看到押多的一方赢钱，因为押多的一方里面有几个翘边模子下的注，你想赢钱首先你要晓得哪几个是真正的赌徒，哪几个是翘边模子，不然你上去也是一个字——"输"。

就这样，他们三个人靠这种手段，从星期一到星期五每天上下班时段有三千元至五千元的摇账（俚语：赚钱），沿着苏州河从北新泾到外白渡桥一路来回混了两年。也赚了不少钱。

遇到星期六、星期天他们三个人也会去一些旅游景点混点儿钱，郭小光在二手调剂商店淘到一个日本的SONY单反照相机，关键是要有包装，然后再去相机维修店淘一个摔裂开的广角镜头，跑到火车站附近买了点假发票，并且让人刻了商场的发票章。一共用去五百多元。

这样三人一分工就来到外滩、城隍庙等地方伺机作案。

洋葱头郭小光看哪里人多就往哪里挤，看到有外地游客在景点拍照的时候也挤在边上拍照。如果遇到对方为了取景不顾左右的时候，就故意站他边上，只要那人不小心碰了一下边上的郭小光，会听到郭小光大叫一声："哎哟，侬挤我干嘛，照相机给你碰掉了！"

郭小光一把抓住挤他的那个游客厉声骂道："侬有毛病啊？挤什么挤啊？"

那人连忙打招呼："对不起！对不起！"

"对不起就算啦？照相机被你挤掉地上了，如果坏了你要赔的。"

一般游客这时就会说："不好意思，坏了我赔你。"或者说"不会的，看看坏了吗？"之类的话。

郭小光捡起照相机露出愤怒的表情吼道："册那！你们看刚刚买的照相机镜头摔裂开了，你们必须赔我！"

"那这位小师傅，你这个照相机多少钱啊？"

"我这个相机一万五千八百元，发票都在（当然这个发票是火车站附近买的假发票，日期是出门前刚刚在家里开好的），刚刚买好。"

"什么照相机要那么贵啊？"

郭小光气愤地说道："你懂什么？我这是日本SONY单反相机，光这个镜头就一万块钱，不信你们看发票。"

李一鸣边上插话说："单反虽然贵，但你这个就是镜头摔裂开，去修修也是没有问题的。"

游客木讷地看着李一鸣，觉得这个帅气的小伙子人不错，说话比较公正。

李一鸣接着说："其实不要吵、不要生气，事情总归还是要解决的，人家一看就是来旅行的，到时去派出所调解也是浪费时间，无非就是大家谈个价格嘛！两种解决办法，一是按发票给一万五千八百元，相机人家拿走，你们回去修一修还是蛮好的一个照相机。二是我看这个相机的机身没有坏就镜头开裂，你自己回去修修最多也就五千元了。你们自己看看怎么样解决吧。"

郭小光不情愿地说："我刚刚买的照相机就坏了，我选择第一种，这个给他们，我再去买一个。"

这么看来，这也是合情合理的理赔方法。

游客一般会说："小师傅，我们也没有弄过这种照相机，也不知道去哪里修，我们不要的，还有其他办法哇，我们身上也没有那么多钱啊！"

李一鸣继续劝郭小光："兄弟啊！侬看伊拉也是来白相额游客，人家也不玩单反的，

你辛苦一下去修修么好了呀，阿拉拿出上海人的气度来，不要小嘎吧气（俚语：小气）额好哇，拿五千元回去修修肯定够了，可能三千元多点儿就修好了。"

游客嘴巴嘀嘀咕咕地说道："五千元也太贵了，能不能再便宜点儿？"

这时边上有人大声叫骂起来："册那！人家这个朋友好心帮你们跟人家说好了，你们还要讨价还价太不识相了吧！算了大家都不要帮他们了，一万五千八百块钱你们拿出来，照相机拿走滚蛋！"

众人回头一看只见一个身高约两米，长得凶神恶煞的壮汉怒气冲冲地指着那几个游客叫骂着。

游客本来就觉得理亏，又被一吓，顿时有点儿慌乱，感觉手足无措，不知怎么办才好。

李一鸣立刻朝游客使了个眼神儿说："快点儿付了五千块钱走吧，等下人家反悔真的让你们拿出一万五千八百块钱换个照相机回家没有意思的。"

两害相权取其轻，游客无奈地掏出了五千元钱给了表面上不情愿但心里暗喜的郭小光。

众人见问题解决后四散而去，郭小光和李一鸣、莫思文也分散走开了。

半小时后三人来到约定好的一家咖啡馆里各自坐下，郭小光拿出钱，三人坐地分赃后喝着咖啡总结了一下刚刚发生的事情的经验，然后从咖啡馆出来，招手拦了一辆差头（俚语：出租车）赶去另外一个景点继续……

萧伯纳说过："人生好比两瓶必须喝的啤酒，一瓶是甜蜜的，一瓶是酸苦的，先喝了甜蜜的，其后必然是酸苦的。"

他们三人在最需要奋斗、最需要学习的时候，选择了投机取巧、坑蒙拐骗的生活方式，自酿的那瓶苦酒已经开始慢慢发酵了……

CHAPTER 3
时光倒流咖啡馆

人的一生会有很多理想，短的叫念头，长的叫志向，坏的叫野心，好的叫愿望，理想就是希望，希望就是生命的原动力。

赚了点儿钱后，李一鸣觉得混街面做打仗模子总归不是一件长久的事情，所以看到一栋小洋楼出租就立刻租了下来，开了一家咖啡馆，起名叫时光倒流咖啡馆，为什么起这个名呢？因为那天起名的时候，他想起前几天刚刚看了一部美国电影叫《时光倒流七十年》，所以没有多想就用了这个名字，感觉还蛮文艺的。

现在想想当年如果不开什么咖啡馆，把钱都拿去买房子，现在个个也都是大户了，当然也就没有后面跌宕起伏的故事了。

当时开这家咖啡馆还有一个小插曲。

这天李一鸣和郭小光还有莫思文一起轧马路，路过静安希尔顿酒店，沿着华山路闲逛，看到路边有一幢带花园额小洋楼招租，李一鸣一直想做点儿什么生意，但没有门面也没有什么合适的项目做，就随便按电话号码拨打了过去，没想到人家是房产中介，还告诉他租金多少，需要付多少中介费，并且问他准备做什么生意等信息。

李一鸣挂了电话后，灵机一动，想到办法了。

半小时后小洋楼门口，有三个年轻人嬉嬉闹闹地在抢着一个篮球，哐当一声小洋楼的一扇玻璃被篮球砸碎了。

三人对视一眼，眼神中露出了一丝狡诈的笑意。

李一鸣掏出纸和笔写下了一行字：抱歉，刚刚打篮球，不小心砸坏了您家的玻璃，这是我的电话号码：136XXXXXXXX，请务必联系我，我愿意照价赔偿，再次抱歉，给您添麻烦了。最后落款：李一鸣。

还没有等到第二天，就在当天晚上房东电话就来了，李一鸣再三抱歉，并且约好房东第二天见面安装玻璃。

见了房东一番客套后，房东非常认可李一鸣的为人，现在社会上这样的小青年不多了，正常情况都是滑脚跑掉了，这位小伙子不仅没有跑还留了纸条，房东被李一鸣感动了。二人闲聊中，李一鸣问房东租这个楼需要多少钱？自己嘛也想做点儿生意什么的，房东也正好想跳过中介，所以二人一拍即合，房东给了李一鸣一个很优惠的价格和三个月的装修期免租金，二人顺利地签下了租赁合同。

第二天，李一鸣撕下了原来张贴的租赁电话号码，换上了自己的电话号码。

没多久就开始不停地接到求租电话。

李一鸣问了人家求租者两个问题：一是你们是做什么生意的，二是你们有什么把握支付以后的房租。

"为了避免频繁更换租客，所以要了解一下租客的经营业态。"

李一鸣一下子获取到了很多项目计划，卖精品服饰的，开画廊、咖啡馆、私房菜餐厅、红酒雪茄吧、按摩店、金融或者贸易公司的，等等。

最后他在众多计划中选择了咖啡馆。

咖啡馆的装修风格是怀旧古典欧陆风，从城隍庙淘来一些欧陆摆件，再去徐汇文定路上买了几十幅从深圳龙岗大芬村批发过来的欧洲古典高仿油画，搞得还挺像模像样的，亮点是后面有小庭院，他们重新布置了一下绿植，撑起几把大的遮阳伞，放了

一些户外桌椅,这在20世纪那个年代绝对是洋气的,很有如今网红店的气质。

里面的招牌咖啡是一杯维也纳咖啡,这可是李一鸣为了打造一款招牌产品花了心思学来的。

为什么要选择维也纳咖啡呢?当然他也是听别人谈咖啡馆计划时得到的启示。

李一鸣说:"什么拿铁、摩卡、卡布基诺、玛奇朵已经满大街都是了,和别人去拼没意思,做得再好也就是普普通通、无功无过罢了。自己的咖啡豆也就是选用国产云南小粒咖啡,和别人家咖啡店的牙买加蓝山或者哥伦比亚咖啡,甚至印尼猫屎咖啡等比拼,根本没什么胜算,还不如做一款上海比较少见的咖啡,然后在这杯咖啡上用足料、做足噱头,说不定可以剑走偏锋、另辟蹊径,一举成功呢。"

李一鸣接着说:"维也纳咖啡是奥地利最著名的咖啡,是一个名叫舒伯纳的马车夫发明的,以浓浓的鲜奶油和巧克力的甜美风味迷倒全球人士。雪白的鲜奶油上,撒上五色缤纷的七彩巧克力米,扮相非常漂亮,隔着甜甜的巧克力糖浆、冰凉的鲜奶油啜饮滚烫的热咖啡,更是别有风味。所以,欧洲人一致认为,是土耳其人让咖啡流入欧洲,但是维也纳人让品尝咖啡变成了文学,变成了艺术,变成了一种生活。"

有了漂亮温馨的环境和美味经典的维也纳咖啡,生意不用说自然是很好,天天宾客满座。

咖啡店几乎是全时段经营,从早上咖啡搭配三明治或小餐包套餐到中午商务套餐搭配咖啡,再到下午咖啡时段搭配西点蛋糕,几乎都是座无虚席,晚餐还推出意大利面、台湾卤肉饭、海南鸡饭、红烧牛腩面等中西简餐,所以基本晚上9点前都人来人往生意不断。

这时的李一鸣已经不屑去街面讨生活了,他每天打扮得西装笔挺额,喝喝咖啡与经常来的老客户嘎嘎山糊（俚语：聊天吹牛）。

这天李一鸣正坐在大厅的一张沙发上喝着咖啡无聊地翻看着杂志时，走进来一位女孩儿，李一鸣眼睛瞟了一下立刻愣住了。

"Chingmy Yau 也到我的店里来了！不可能啊？"他眨眨眼睛，再定睛一看。不是 Chingmy Yau，但比她看起来更青春，且充满活力。

不等服务员上去，李一鸣就"跳"起来走到女孩儿面前说道："Chingmy Yau 小姐您好，我是这家咖啡店的老板，今天很荣幸为您服务，请问需要喝点儿什么？第一次来，我推荐我们店的招牌维也纳咖啡，您是不是需要品尝一下呢？您的到来使得本店蓬荜生辉，我承诺从今天起时光倒流咖啡馆对您终身免费。"

"哈哈哈，先生你认错人了，我不是 Chingmy Yau。"女孩儿笑着答道。

"不会吧！太像了，简直太像了，您一定是她的妹妹吧？"李一鸣故作惊讶道。

"不是啦，我和她什么关系都没有，是不是让你失望了？"女孩儿继续笑着调侃道："你对我终身免费的承诺还算数吗？不是 Chingmy Yau 就没有了吧？"

"是这样的，我这家咖啡馆也有一条规矩就是不光对 Chingmy Yau 终身免费，对我的朋友也是终身免费的，我姓李，木子李，叫一鸣，一鸣惊人的一鸣，请问小姐您怎么称呼？我特别想成为您的朋友。"李一鸣一本正经地说着。

"很高兴认识你，我叫唐纤云，唐朝的唐，纤纤玉指的纤，云朵的云，不要你请客了，咖啡我还是能消费得起的。"唐纤云觉得对面这个男人看着斯斯文文、干干净净的，不是那么讨厌，自己也愿意和这样阳光帅气的男人交往，就落落大方地微笑着答道。

搭上话就比较容易认识，认识了就更容易接着聊下去了，李一鸣和唐纤云就这样你一句我一句地闲聊，逐渐了解着彼此。

经过了解，李一鸣知道唐纤云今年23岁，在东方航空公司做空姐，受打击的是唐纤云有男朋友了，但幸运的是，唐纤云经常世界各地地飞，她和她男朋友聚少离多，感情已经出现了危机，她男朋友可能已经劈腿了，只是唐纤云没有证据。

别人的危机就是自己的契机，得牢牢把握住。

唐纤云也同时了解到李一鸣今年26岁，始终混迹社会，没有正式女朋友，但谈过或者说接触过不少女孩儿，大都是几天，最多一两个星期就分手了的那种，按现在普世说法就是渣男一个，按李一鸣的说法是没有遇到让他奋不顾身想挚爱一辈子的女人。

接下来的爱情故事脉络就是非常老的套路：彼此留了电话，然后约着看电影、吃饭、泡吧、打保龄球、逛街，总之没事儿就腻在一起。

唐纤云也快刀斩乱麻地了断了前一段感情，和李一鸣正式谈起了恋爱。

唐纤云问李一鸣为什么选中她成为女朋友。

李一鸣坦诚地说："不可否认，看到你，首先吸引我的是你的长相和气质，只是有好感，也只想玩玩儿，没当真，作为一个纯正的打仗模子是不会为了一棵树而放弃整片森林的。但是经过接触后发觉自己已经身不由己地爱上了你，可能是你这棵树太大了，躲进茂盛的树荫里，就觉得拥有了整片森林。"

唐纤云大笑点头表示认可。

李一鸣接着说道："武则天说过，'以色侍君能长久得了几时'，当时后宫佳丽三千，你再漂亮也有看腻和老去的一天，如果光靠姿色陪伴君王，早晚会被更漂亮、更年轻的女人所顶替，所以聪明的武则天就帮体弱多病的唐高宗李治批阅奏章，分担他的工作，让李治的生活与工作都离不开她，最后历经波折成就了大唐一代女皇，也是我国唯一的女皇帝。"

Chapter 3　时光倒流咖啡馆

上海弄堂

唐纤云听得入神不住地点头称是。

李一鸣继续说道："其实后来的杨贵妃和李隆基也是一样，杨贵妃再美也有老去的一天，等马嵬驿兵变时杨贵妃已经38岁了，那个年代可没有现在那么多护肤品，杨贵妃即便驻颜有术也已经老得不能看了吧，可是李隆基还是会经常想到，当时被渔阳的动地鼙鼓，敲破了他莺歌燕舞的好梦，仓皇中他携杨贵妃离开长安，奔往四川的场景。马嵬驿兵变，他为了自己的安全与皇位只得忍痛割爱，进入蜀道之后，大雨滂沱，杨贵妃已经做了替罪羊，唐玄宗的安全危机也已过去，他难免悔恨与怀念交织，泪水与雨水齐流，更何况在长时间的寂寞与颠簸行进途中，在那风雨中，车驾上叮叮咚咚的铃声，轻一声重一声，兀自敲叩着他内心的孤寂与哀愁。闻雨淋銮铃，长于音乐的他，大约是在剑州桐梓县的上亭，采其声为乐曲，命名《雨霖铃》，来怀念他的杨玉环。"

李一鸣喝了一口咖啡接着说："他们是靠长相和美色维系感情的吗？肤浅了吧，他们两个人都是当时的音律高手，曾经一个吹箫一个跳舞，共同创作出了旷世神曲《霓裳羽衣曲》，所以他们是有着共同爱好才走到彼此的内心深处的，这才是真正的爱情啊！"

唐纤云表示非常认同："那我们也要找到彼此的爱好才能把我们的爱情延续下去。"

"哈哈哈……是的，我也是这样想的。"李一鸣笑着答道。

就这样，他们二人的爱情迅速升温，那些天雷勾地火或云稠雨腻的场景大家自己想去吧……

CHAPTER 4
山上下来的小爷叔

有苦有乐的人生是充实的，有成有败的人生是合理的，有得有失的人生是公平的，人生坎坷不平才有价值。

有赢就有输，有成就有败，有得就有失，要成就必须去承担，要光明必须接受黑暗，要成功必须去勇于付出。

在咖啡馆里经常会认识一些莫名其妙的朋友，听到一些匪夷所思的故事。

郭小光的小爷叔是个老官司（一个坐过牢的叔叔），据说20世纪严打期间由于参加打群架，路上公交车堵车去晚了，赶到那里时群架已经结束了，后来就一起吃了顿饭拿了一包香烟，便因参与打架被判了刑，发配到劳改农场吃了十年官司。他这顿饭、这包烟的代价也太大了吧。

现在刑满释放回来还是和以前的那帮官司单位里的难兄难弟混在一起，靠帮人家解决债务纠纷什么的过日子，好像在上海的流氓阿飞圈子里还是有点儿知名度的。

小爷叔三天两头来咖啡馆和李一鸣、郭小光他们吹牛皮、喝咖啡，大家听他讲一些吃官司的事情，什么为了逃避劳动改造自伤自残拍胸针，还有就是闹监，甚至还有怎么搞路子（俚语：做规矩、欺负人）、越狱什么的。

听到最有趣的事儿是他在劳改农场吃官司的时候，一个叫大头的犯人非常聪明，用一个蛋糕盒子刷上油漆，做了一顶大盖帽，在晚上收风（俚语：监狱里锁门）前拿了一个热水瓶，披了一件军大衣，大摇大摆地和二道门的武警点了一下头就混在其他警察堆里出去了。后来由于遇到地震，没有赶上监狱外路过的唯一那班列车，被抓了回来,据小爷叔说,那个大头被抓回来后,被吊了起来,这顿路子搞得是惊心动魄,众犯人看得是胆战心惊。

李一鸣、郭小光他们听得是津津有味,晓得了很多道上的俚语和规矩。

这天小爷叔来后点了一杯维也纳咖啡,刚刚开始吹牛,外面进来一个瘦高个儿,脸色有些沉重地在小爷叔耳边嘀嘀咕咕地说了几句就走了。

小爷叔倒不以为意,等瘦高个儿走后喝了一口咖啡对着大家说:"小光、一鸣、思文,你们下午有啥事体哇?"

"没啥事体啊,小爷叔侬有啥事体哇?"

"既然没有啥事体跟我去一次闵行,你们不要说话站边上就可以了,我让你们长长见识。"

"好额,好额。"大家点头回应着。

下午,招手一辆差头(俚语:出租车)就到了一幢大楼下,大家跟在小爷叔后面来到了一家贸易公司,小爷叔也不理会前台小姐的询问,径直往里面走,到了总经理室门口敲了两下门便直接推门而入。

但见里面一张大班桌后坐着一个脑满肠肥的秃顶胖男人,房间里放着一张茶桌,沙发上也坐着七八个彪形大汉,小爷叔看了看,没理会那几个彪形大汉就直接走到大班桌前对着秃顶胖男人眯着眼睛说:"刘总是吧?我是阿五头额朋友,伊叫我来收一笔欠款,这是侬额字据对哇,连本带利一共二十万,侬看是今朝给我还是明朝给我?"

"侬册那啥人啊?阿猫阿狗都跑到我这里讨铜钿。"这个叫刘总的人气呼呼地吼着。

同时,本来坐着的那几个彪形大汉也都站起来围了过来,嘴巴里都还不干不净地嘟囔着。

　　李一鸣他们三个事后说当时非常紧张了,觉得基本上二打一今天应该要吃亏了,眼睛滴溜溜乱转,看房间里有什么顺手的家生(俚语:武器),还有就是看清楚门在自己的什么方位,到时候逃跑方便一点。

　　不过小爷叔连眉毛都没有抬,哈哈一笑说:"不好意思,可能刘总不晓得我,这样吧,自我介绍一下。"说罢从怀里掏出一个钱包,从里面拿出一张自己的身份证放在那个叫刘总的眼前。

　　"这是我额身份证,侬看看清爽,也可以外面打听一下我做生活额风格。"

　　小爷叔一边说一边用嘴向边上几个彪形大汉处撇了撇继续说:"你们不认得我,刚刚这几个瘪三嘴巴乌里麻里、不腻不三(俚语:不懂规矩、胡搞),算了,不怪你们,看来今朝刘总是没有准备了,这样吧,明朝这个时候我再来。"

　　说完小爷叔用眼睛瞥了一下周围,斜着眼盯着刘总看了两秒继续说:"希望明天大家顺顺利利,我多提一句,我只来两趟,明天拿不到钱,我就不来打扰侬了,以后有人会来找侬额,到时可能就不是廿万可以摆平额了。"

　　"走了,明天我还是两点钟这个时候到。"

　　说完小爷叔一挥手,李一鸣他们跟着他故作镇静地一起出了门,招了一辆差头回到咖啡馆。

　　路上郭小光一个劲儿地问小爷叔:"刚刚如果人家动手打阿拉怎么办?"

　　小爷叔笑而不语,实在嫌郭小光烦了就说:"到明朝再讲吧。"

　　第二天,下午。

　　当李一鸣他们跟着小爷叔一起走进刘总办公室的时候,只见刘总满脸堆笑地等着大家。

"不好意思啊,让大家再跑一趟,这是二十万,你们点点,点钞机在这里准备好了。"刘总说着拿出一个黑色马夹袋递给了小爷叔。

"不用了,阿拉都是跑码头额人,这点信任度还是要有额。"小爷叔接过钱转手递给了身边的郭小光。

刘总继续笑着说:"麻烦兄弟们又跑一趟,这是我一点点心意。"说完便拿出一个信封塞给了小爷叔。

"刘总侬客气了,阿拉也是为公司办事体,那我谢谢刘总了。"小爷叔一边说一边掏出一张名片和刘总的欠款字据递给刘总。

"这是我额电话,如果刘总有什么要不到额债、搞不定额人都可以打我电话,我来帮侬想想办法看看可以搞定哇。"

"我们也不打扰你们上班了,再会!"小爷叔接过信封示意李一鸣他们一起点头告辞。

回到咖啡馆,小爷叔从二十万元中拿出五万元后打了个电话,过了一会儿瘦高个儿来了,小爷叔递给他十五万元说:"我和阿五头是兄弟,这次就少抽点,拿了五万元,侬让阿五头夜里在黄河路上摆一桌请我这几个小朋友吃顿饭,然后帮我订个房间唱唱歌吃吃老酒就可以了。"

"好额好额,辛苦了辛苦了,这个不讲阿五头也是要安排额。"说完和众人打了招呼就走了。

等他一走,大家就围着小爷叔七嘴八舌地问起来了。

"小爷叔,这五万元还是少拿了?那应该拿多少啊?"

"小爷叔,为啥那个姓刘的秃顶第二天就老老实实地给钱了呢?"

"小爷叔,如果昨天打起来,阿拉打得过伊拉哇?如果被伊拉打了怎么办?"

小爷叔摆摆手说:"一个一个来,我其实心里也没有底,不晓得能不能讨得到哇,如果人家不买账,被人家打了么就只好被打了呀哈哈哈。"

"不会的,小爷叔侬快点和我们说说呀,怎么回事?"

小爷叔看了看大家说:"这笔账很多人去要过了,都没有要到,所以才找到我们公司。"

"小爷叔你不是没有工作的吗?你什么时候有什么公司了啊?"郭小光疑问道。

"阿拉一批山上下来额人(俚语:坐牢回来的人)不可能有什么单位要我们的,只能靠自己,我们什么都不会,只有烂命一条,所以早回来的人靠以前打架不要命的名气帮人家讨讨债、吓吓人家。然后开了一家财务公司,专门放放高利贷、帮人家讨讨债头。"

"刚刚我说的是真的,如果人家不买账打我们,也只能被打了,不过我认为他们不敢动手,因为在他们公司打起来,东西敲坏了都是他们的损失,还有他们在明我们在暗,除非他们明天公司关门,不然就不是打一架那么简单了,事情就会越搞越大,两边都是道上混的,大家心照不宣,有兄弟受伤或者抓进去,都是这个刘老板坏分(俚语:破财),所以我们大家是最好事情搞搞大,搞大了好蘸酱油(俚语:拿好处),还好这个刘老板聪明,快速解决这个债务问题,不然他每天请人看场子也是不小的一笔费用,如果哪天我们去偷袭他们,有人受伤,那个刘老板这个医药费也得几万几万地付出去,如果遇到什么伤害了、残疾了,或者有人因此吃官司了,你们说他要拿出多少安家费和医药费?二十万远远不够啦!最终伊就会被阿拉双方剥得干干净净、清清爽爽。"

"我让他看身份证不是告诉他我个人的情况,而是告诉他我是啥人,我背后还有一帮兄弟,再说老早也做过几次这种生活,对方不买账,去要了几次没有结果,然后索性直接叫人铆牢伊(俚语:盯住他),等伊落单的时候,上去教训几下,让伊长长记性,也让外面其他人晓得阿拉额手条子(俚语:手段),我们也正好立立威,反正动手的人就一个伊也不认识的小鬼头(俚语:小孩子),只要这个小鬼头不给当场抓到就没事,我们都有证人,有不在场的证据,懂哇!"

"你们说那个姓刘额秃顶敢和我们搏吗?"

"那当时侬进去看到一帮人围上来的时候心里慌哇?"李一鸣问。

"当然也是有点慌额,所以你们看我根本没有用正眼看伊拉,这个造型要拗足额,不然被伊拉看出来我心慌就完结了,他们看到我不在乎伊拉,吃不准我什么来路,也吃不准我为啥不怕,这样就有无数种可能性,万一我们每人身上别一把军刺呢,或者我腰眼里别把枪呢,对哇,伊拉看侬越稳越不晓得侬有什么花头,就像三国里额空城计一样,哈哈,明白了哇?所以你们以后在外面遇到事情第一要冷静,不能自己乱了自己的阵脚,如果真的打了也就打了,打不过就想办法快点跑路,好汉不吃眼前亏,改天再来反扫(俚语:报复)。"

最后小爷叔说:"这种事体也是要看人额,你们这几个不适合做这种生活,真的!不是每个人都适合额,心理素质不过关肯定不来塞额,不是什么只要功夫深铁杵磨成针就来塞额,如果是木棍最多只能磨成牙签,材料不对,再努力也没有用。"

日子就这样一天天过去了,大家就这样吃吃喝喝、打打闹闹地过了大半年。

小爷叔有一段时间没有来了,李一鸣问郭小光:"洋葱头,小爷叔最近怎么没有来了?"

"我也找不到他,老派也在找他,看来我这个小爷叔又闯祸了。"

"去打听一下什么事情,如果可以摆平额大家就想想办法摆平。"

过了半个月郭小光带来了小爷叔的消息,原来小爷叔前一阵子为了名气做了件惊天动地的大案子,圈子里的兄弟被对方打伤了,双方派中间人洽谈几次没有谈拢,小爷叔腰里真的别了一把改制枪,上门去准备绑架当事人,打听到此人在一家火锅店吃饭,小爷叔就带了两个兄弟赶了过去,跑到此人面前拔出手枪抵住那人,让他出去,说不出去一枪爆头,那人也是江湖人士,先是呆了一下,马上很镇静地对小爷叔说:"有什么事不能台面上说,动刀动枪的干吗啦。"

小爷叔见他不怕依旧稳稳坐着,这下一记头感觉被停在杠头上(俚语:上不上,下不下的感觉)了,就一抬手扣动了扳机。

"砰!"一声枪响,子弹飞过那人耳边飞向前面的一根钢管上,铛的一声,子弹又被钢管弹飞,"啊!"弹在边上一桌一位看热闹的人的小腿上。

这人接着"嗷嗷嗷"直叫。

小爷叔自己也吓了一跳,他本来想放一枪让当事人听个响吓唬一下,没想到弹到边上无辜群众身上了。

小爷叔马上调整状态,用枪指着那人的脑袋说:"这枪不会再打偏特了。"

那位当事人已经脸色巨变,只能摆着手说:"不要冲动,我跟侬走就是了。"腿软的他撑了一下没有站起来,被小爷叔两个朋友架起就走了。

后来据说那人让家里送了五十万元才被放人的,这人也是道上混的,他倒没有报警,但当时跳弹伤了无辜群众并且是闹市开枪,警察现在是满世界抓小爷叔,据说后来小爷叔东躲西藏了一阵,风声也越来越紧,也没有人敢收留窝藏小爷叔,他只能去自首,绑架和持枪最后被判了十五年,以后哪怕红外线发紫(俚语:代表关系到位),

Chapter 4　山上下来的小爷叔

上海弄堂

减刑力度很大,出来也快 60 岁了吧,小爷叔这辈子最好的青春都是在牢里度过的。

这让李一鸣、郭小光和莫思文唏嘘不已。

一段时间后就逐渐不再谈论小爷叔的事情了,他们还是这样无忧无虑地过着日子,每天谈谈恋爱、吃吃喝喝、打打闹闹,很是惬意。

> 在人生的道路上，人们常常站在岔道口上徘徊，只要走错一步，就可能影响一生的命运。
>
> 美好平静的生活被一场莫名其妙的事打破了。

事情是这样的，当时在咖啡馆里李一鸣认识了一个经常来的老客户叫梁世斌。

梁世斌30岁出头儿，中等身材，长相一般般，不属于好看帅气的类型，但整体形象气质看着还是蛮洋气的，说话细声轻语的，大家也不知道他是做什么生意的，据他说小时候就随父母定居中国香港，后来去英国留学，爸妈离婚后，妈妈嫁到美国，把他也带到美国去了，现在是美国身份，后来他不愿意和继父一起生活，所以回到小时候生活过的上海来，目前一直在国内和东南亚各地做生意。

梁世斌语言天赋极好，什么粤语、英语、法语，甚至中国方言像苏北话、上海话都会说，他去过很多地方，属于见多识广、路道很粗的人物。

如果和一个新加坡人一起聊天，他可以比新加坡人更熟悉当地的风土人情，说自己在新加坡生活了多久多久，一下就把距离拉近了，这种他乡遇故知的感受大家都懂吧。

后来李一鸣他们才知道这是他平时看一些旅行杂志和什么叫《世界各地》的电视节目中获取的资料，不过在这方面也很佩服他，他都能记得住，也是有心人啊。

大家觉得梁世斌很有趣，出手也大方，很快就成为整天混在一起玩儿的朋友了，这就叫所谓的臭味相投吧。

　　他们渐渐发觉这个梁世斌是个标标准准的拆白党！他有一个特殊的本事就是泡妞，并且还是软饭硬吃的那种，平时他花在这个女的身上的钱可能就是前几小时刚刚从另外一个女的手里骗来的。

　　大家是怎么发觉的呢？还要从梁世斌邀请他们一起去泡吧开始说起。

　　"晚上我请兄弟们一道去虹桥'卡萨布兰卡'白相吧。"梁世斌进了咖啡馆就邀请大家。

　　"哈哈，好的呀。"众人欣然答应。

　　晚上梁世斌穿了一套黑灰色条纹双排扣西服，扎着一条几何图形的真丝领带，叫上大家去虹桥酒店的顶楼酒吧。

　　到了"卡萨布兰卡"，只见门口服务生和保安都和梁世斌点头打着招呼，梁世斌对门口的工作人员示意了一下用粤语说了一句："全嗨我个朋友。"大家就跟着他进去了。

　　他在外面这种场合都是以港商的身份示人，在二三十年前，香港经济对大陆城市是高山仰止般的存在，它的经济总量是上海的四倍、北京的七倍。有人统计过，1994年的香港人均 GDP 是内地的五十倍。彼时的香港或者香港人就是富裕的代名词。

　　坐下后梁世斌又故意用不标准的港腔普通话让服务生拿来了前几天存在这里的一瓶芝华士。大家一起喝着酒聊着天，梁世斌的眼光一直在偷偷地瞄着附近那些来消遣的女性白领。等他发觉有人也在看他的时候，他认为已经寻找到今晚的猎物了。其实要不注意他也难，他进来的一路一直和这里的工作人员点头问好，那个腔调就像领导

下基层视察工作一样。工作人员看到有客人笑嘻嘻地点头，出于礼节更要停下点头问好的，但旁人以为这个人要么是这里的常客，要么就是这里的老板。

不过梁世斌和这里的老板倒也真的认识。梁世斌在中国香港生活过一段时间，这里的老板是香港人，他发挥出他乡遇故知的套路，一下子就和这里的老板混熟了。他在外面买的酒也免费存在酒吧的酒柜里，人家老板想想也算了，给面子照顾一下自己的小老乡吧，也不在意这些事情；平时梁世斌去了"卡萨布兰卡"也不把自己当外人，看到工作人员服务不规范也会当面指出，教训一顿。比如茶几上的烟缸里烟头超过三个了，就要求服务员马上换掉烟缸，然后和老板说在我们香港这种高档场所里不会犯这样低级的错误来博取老板的认同感，老板觉得他说得对，就会附和说："对对，梁先生说得没错。"工作人员又不知道这人是老板的什么人啊，以为他是老板的什么亲戚或者可能也是股东呢，久而久之看到他也像看到老板一样言听计从。

这样一个人在这种地方基本会很快吸引别人的注意，所以梁世斌一旦发现目标就会很自然地和人搭讪，问人家小姑娘"脸很生啊，第一次来这里吗？""喜欢这里的音乐吗？""我请你一起喝一杯吧。"等，一般女孩儿都会礼节性答复，认识后便听他吹嘘美利坚往事和港岛风云。

最牛的地方是，梁世斌在酒吧里看到有点儿腔调的商务型老外会直接走过去说"嗨！"举起手打招呼，事后莫思文问他和老外说什么，他说就是上前打个招呼说"你和我的一个朋友长得很像，刚刚差点儿认错，和老外握手欢迎他来上海玩得开心"之类的话。老外也是礼节性地回应他，但和他一起的女孩儿就会以为这个老外是他生意上的朋友什么的，他打完招呼就会来到女孩儿身边说"没办法啦，这个鬼佬是什么什么大公司的中国区总裁，我每年有几千万生意要从他手里走，遇到只能上去打个招呼"

等话。正常情况下，这一套组合拳下来，女孩儿已经认定这个男人属于成功人士了。

更可笑的是，后来还有女的到咖啡馆来找梁世斌，也难怪，他带女孩儿来喝咖啡的时候虽然没有说咖啡馆是他的，但他和每个人都打招呼，并且他喝完咖啡会直接走掉（大家也不好意思问他要咖啡钱，不过他每次都不赖账，下次一个人来的时候会把欠的钱补上，时间久了，大家知道只要他带女孩儿来肯定不会现场结账的，这可能和他在卡萨布兰卡里的套路是一样的吧），所以女孩儿会误以为咖啡馆是他的。

铺垫噶许多了，大家都知道梁世斌是个什么样的人了吧，想要知道他是怎么样从女人手里骗钱的吗？接下来就开始讲了。

反正梁世斌可以在任何场合搭讪他认定的目标。他可以在百盛商场的香水柜台用法语和柜台里的法国洋妞聊天，然后搭讪边上柜台的柜员小姐姐；也可以在路上装模作样用港普问路搭讪路人小姐姐；还可以在吃夜宵的时候和餐厅的香港大厨用粤语聊天引起邻桌注意后，搭讪邻桌小姐姐。总之，他会用一切可以利用的机会展示自己，告诉人家他说的是外语和粤语，在20世纪说英语和粤语是一件很时髦的事情，如果是中国港澳台地区人士就会有一种高人一等的感受。

当年时尚风向标是任何与时尚搭界的事物，都是人们看中国北上广，然后北上广看港澳台地区，接着港澳台地区看日本韩国，最后日本韩国看欧美国家。

所以，梁世斌的身份包装是很成功的，他一般会认认真真地和女孩儿谈恋爱，对人一见钟情，感情升温后就更是如胶似漆，各种恩爱，许下很多天打雷劈的诺言，说什么要带女孩儿周游世界，去美国生活之类的话，反正需要等他这次在上海一批贸易收尾后就可以带女孩儿一起飞了。让女孩儿对未来充满着憧憬与幻想。

那时的女孩儿们应该是最幸福的吧，应该每天做梦都会笑醒。

Chapter 5　情感暗角里的掠夺

上海外滩街景

接下来会来一波骚操作,将短暂的幸福无情地踩到脚底板。

梁世斌会给他的朋友们安排一个任务,晚上几点一定要打一个电话给他,并且事先打好招呼,如果在电话里出言不逊,说一些难听的话不要生气就好。

假设到了点,事先拜托郭小光打一个电话过去,梁世斌就会开始他的独角戏表演了。

"喂!是小郭啊,找我有什么事吗?"略等片刻后,"什么!为什么海关会扣我们的货?我们都是正规渠道合法办的手续,如果延期交付要付违约金的,这次合同违约金可是三百多万啦!还是美金啦!大哥!"继续略等几秒,"没有用的啦!那些鬼佬只会按合同走啦,没有招呼好打的啦,和鬼佬做生意就是这样的啦,不是国内啦,没有什么打招呼这一说法的啦!你赶紧去了解一下为什么会被扣,OK!"

然后,挂了电话一副心事重重的样子,反正要让女孩看了心疼就对了。

过了一会儿,按约定郭小光继续给他打了一个电话。

"小郭,了解清楚了吗?"略等一会儿。"什么?由于我们的货柜里面有一批竹制工艺品的问题?是竹子容易生虫需要检疫部门盖章同意才行,OK,那赶紧去搞定啊!"继续略等几秒。"什么?这个流程从递交到审核需要半个月?那我完蛋了,你不是认识人吗?帮忙搞定打点一下啦。"

"哦!他们就是要敲竹杠啊,那只能让他们敲了呀,需要多少钱?三十万元!我手里就十万元现金吧,信用卡你们国内啦现金每天限额的呀!怎么办?缺二十万元啦!这样吧你先答应他们,我想办法去筹钱,哦哦哦,明天肯定送到,知道了,我想办法,你也帮帮我想想办法啦!"

注意!这时他一挂电话就到了整部戏的高潮!

因为这时他和女孩儿已经是恋人关系了,对女孩儿的家境什么也了解了七七八八，所以知道这个女孩儿是有二十万元的，并且有绝对的把握知道女孩儿肯定会帮他的，这几天的接触也已经让女孩儿知道他们每天进出的都是五星级酒店。

对了插一句，梁世斌有个宗旨，无论是喝茶还是喝咖啡什么的肯定去五星级酒店，因为当时五星级酒店两个人喝咖啡也就一百元多一点儿的消费，并且还能遇到商务成功人士上去打个招呼。至于吃饭他可能会选择路边摊。他自己说是要找一下童年的味道，其实就是兜里没多少钱。

等一挂电话，梁世斌转过脸来看着女孩儿不带半点儿犹豫地问："你给我二十万元让我打通一下你们这里的海关，谢谢你能帮到我。"这时的他，心怀感激、深情地看着女孩儿。

正常情况下，女孩儿有二十万元肯定会帮啊，这是在帮自己男朋友啊，也就是帮自己啊，如果这个紧要关头都不帮忙，可能将会永远失去这次老天安排的姻缘，灰姑娘将永远失去王子了。再说，梁世斌这几天展示的实力自己也看到了，人家产业很大，和他一起的都是那些高端人群，目前只是刚巧手里没有现金而已，如果现在出手相助，他肯定会感激自己的，然后会……

所以，哪怕女孩儿手里没有多少钱，即使去借也要帮男朋友借到，他在上海人生地不熟的，这次只有她帮他了！

第二天，梁世斌怀揣着那些女孩儿对美好未来的憧憬骗来的钱又开始寻找新的目标。他依旧西装笔挺、依旧风度翩翩地穿梭在各高消费场所。

当然，梁世斌也不是整天骗女人的钱，有时候也会做一些掮客生意，赚一点儿佣金，有时候也会遇到客户跳过他这个中介的事情。

这天梁世斌到咖啡馆邀约大家一起去帮他讨要一笔佣金欠债。

李一鸣、郭小光和莫思文一起陪他去,正好用在小爷叔那里学来的讨债本事练练手。

整个过程也很顺利。梁世斌去到欠债公司的老板办公室，拿出合同说来了几次这次必须要解决了。

那个欠款人也不知道叫什么名字，我们暂且称呼他老 A 吧。

老 A 不屑一顾地朝着梁世斌说："早说了周转不开，今天你带了几个人来算什么意思？吓唬我啊？要叫人也多叫点儿呀，连你一共四个人，我这里员工一人一口唾沫也能淹死你们。"

李一鸣学着小爷叔的样子脸往下一沉用眼睛斜看着老 A 说道："今天梁世斌先生委托我们财务公司来追讨这笔欠款，我们老大派了我们三个出来解决，不管你有多少人，今天也一定要有个说法，不然我们回去交不了差，以后道上没法混了，既然你的确没有钱付，那你也不要给了，我也不客气了，今天就带你一只手回去交差了！"

说罢李一鸣从腰上抽出一把寒光闪闪的藏刀，同时一脚把老 A 踹倒在身后的沙发上，接着又跟上一脚踩在老 A 的胸口上，并抡起藏刀朝着老 A 的头上砍去，就在快要砍到老 A 脑袋的时候手腕一转，就听见"啪啪"几声响，紧接着又好几声"啪啪啪"，李一鸣用刀背和刀面连续击打老 A 的脑袋与面孔，最后用刀尖抵住老 A 的咽喉狠狠地说道："别动！不要逼我失手！动就捅进来了，不要你的命，就要你的一只手！"

"你们干什么，你们要干什么？"只见门口几个公司保安和员工要往里冲。

李一鸣听到后面乱哄哄的声音，头也不会回，继续用刀抵住老 A 咽喉部位。

因为他知道自己身后站着的是郭小光和莫思文。

文字描写比较缓慢，其实事情发生犹如电光石火一般，就在李一鸣踢出第一脚时，门口的保安和员工也已经看到并准备冲进来帮他们的老板了，与此同时郭小光和莫思文也抽出来两把明晃晃的藏刀朝着迎面冲进来的第一个大汉捅了过去。

那个大汉本来想要在老板面前好好表现一下，没想到看见迎接他的是两把锃亮锃亮的刀子，急忙一个转身往外跑，其他人看到两把藏刀朝着他们刺来也都退出了门外。

郭小光和莫思文用刀指着刚刚第一个冲过来的大汉吼道："谁要出头？谁要出头？是你要出头吗？"

"不是，不是。"大汉哪里见过这种阵仗，急忙摇头说着不是。

这时李一鸣对着老 A 说："和你说话听不懂吗？不要你的命，只要你的一只手，把手伸出来！"最后又拔高了嗓音吼道，"快点！"

"我给钱，我给钱，马上给钱！"几乎吓破胆的老 A 连声说道。

就这样李一鸣他们靠冒充黑道人物，说着一些黑道俚语，很顺利地为梁世斌拿到了欠款。并且还乘机敲了老 A 一笔二千元的拖欠损失费。

晚上用这笔敲诈来的拖欠损失费买了一条百乐门香烟，又去一家四川火锅店，大家说说笑笑地吃了一顿，都感觉小爷叔额本事学到位了。

快乐的时间就像以前上学时课间休息的那十分钟一样短暂。

没想到过了几天后梁世斌让人带话来说："老 A 咨询了律师后报案了，现在警察在抓梁世斌。"

梁世斌得到消息后立马跑路了。

梁世斌说千不该万不该拿了那笔损失费（这笔钱被认定为以暴力手段获取公私财物，故定为抢劫）。

大家设想了一下如果梁世斌被抓到，肯定会供出李一鸣。

至于郭小光和莫思文倒很安全，因为梁世斌和他们不算特别熟，只知道他们的外号，他们只要最近不来咖啡馆就暂时安全。所以只要李一鸣没有事情，他们两个绝对是安全的。

　　李一鸣只能想办法跑路，跑哪里呢？中国那么大，去哪儿都能被抓，只能往国外跑，所以趁警察还没查到他，快速办理了一个去荷兰的旅行签证，准备到了国外安顿好了再说。

　　老天给了每个人一条命，一颗心，把命照看好，把心安顿好，人生即是圆满。挫折会来，也会过去；热泪会流下，也会收起，没有什么可以让你气馁的。人的成长秘密，就是不断淘汰不好的自己，才能找到完美的路。命运如同手中的掌纹，无论多曲折，始终掌握在自己手中。

　　路该如何走呢？对于李一鸣来说，接下来即将发生的事是未知的。

　　对于爱冒险、爱拼搏的人来说，未知有些许莫名的恐慌，也有些许莫名的兴奋。

　　物以类聚，人以群分，人活于世，与什么人在一起很重要，与智者同行，你会变得越来越聪明，与愚者为伍，你会慢慢地走向俗庸，与凤凰同行的，那必是林中的俊鸟，与虎狼同行的，那必是凶猛的野兽。

　　遇到靠谱的人会感染你如何取得进步，遇到不靠谱的人会影响你逐渐堕入深渊。

　　从李一鸣与梁世斌交往这件事情上证明了交友如不慎，轻则受拖累，重则万劫不复。

此刻打盹儿，你将做梦；此刻奋斗，你将圆梦！

一个人会遇到许许多多的困难，可问题是坚持下去还是放弃。可能很多人会选择放弃，可是放弃的人永远都会待在别人的嘲笑当中，而坚持下去的人不管有没有成功，都会受到所有人的尊重。

李一鸣为什么要选择去荷兰呢？听说荷兰这个国家好比上海滩上额大杨浦，其人员结构比较乱，并且黄、赌、毒都是合法化的，应该比较好生存。

荷兰对李一鸣这种混混来说，好比一只饿了半天的苍蝇飞到一间茅坑前："我去！满汉全席啊！"

对！就是这种感觉。

李一鸣临走前把咖啡馆托付给郭小光和莫思文打理。

李一鸣对唐纤云说，不晓得什么时候能回来，便提出了分手。唐纤云当然不同意，哭着说要等他回来，或者等他在荷兰站稳脚跟后一起团聚。

李一鸣只能苦笑着和心爱的女人吻别。

记得当年满大街都是张学友（Jacky）唱的《吻别》，如果他们吻别的时候是歌神唱的这首歌做背景音乐应该是很应景的吧。

坐上了荷兰皇家航空公司的飞机一路飞了近十个小时到达了荷兰阿姆斯特丹，出了机场，李一鸣觉得两眼一抹黑，不知道该怎么办，这张签证当时也就做了两个礼拜的行程计划，如果两个礼拜找不到生存方式还是要回上海的。

回了上海是什么结果很清楚，无非两种：一是叫他去要债的梁世斌一个人把责任扛了，他回去没有事情；二是作为共犯，如果以抢劫罪判的话，不低于三年的有期徒刑。

"不去管他了，先填饱肚子再讲。"李一鸣喃喃自语道。

按来前做的攻略，他叫了一辆出租车来到了阿姆斯特丹著名的德瓦伦红灯区，再过了一条街就是唐人街。

到了唐人街立刻看到很多店招路牌上有中文字，比较多的写有善德街（Zeedijk）、侨德仕街（Geldersekade），一看便知道就是这里了。

他找到一家中餐厅，吃了一碗云吞面后，站在餐厅门口抽了一根烟，想着该怎么办，这个心事重重的表情被餐厅老板，一个60多岁的华人老头捕捉到了。

接下来的几天，李一鸣每天都会去这家餐厅点一碗云吞面。

差不多一个星期过去了，李一鸣在阿姆斯特丹还是没有方向。住的地方也从五星级酒店搬到了小旅馆，口袋里的钱已经用去一半了，该怎么办呢？不能等死吧！

这天他又去吃云吞面，餐厅老板看李一鸣每天都来吃一碗面，且心事重重的样子，出于关心问他缘由，李一鸣简单说了一下，并且说出想要找事情做的想法。

餐厅老板问：你有什么打算和想法吗？李一鸣无奈地回答："没有什么打算，更没有什么想法，想在这里混，一个人都不认识，贸贸然然去和这里混社会的人说，请带上我一起混口饭吃，人家肯定当我是个神经病。"

餐厅老板说："看得出你这种人是不甘心只做一个打工仔的，如果你真的有胆识想混社会，那你晚上就去砸一个电话亭，然后……这样就可以有机会认识到志同道合的朋友，搭建自己的团队，闯出一片天地，至于结局如何，那就看各人的运道了。"

李一鸣问:"为什么要砸电话亭呢?做其他的事情不可以吗?"

餐厅老板:"可以啊,随便你干什么,不过据我所知砸个电话亭这种事情,醉汉经常会干,一般关两个星期就出来了,做其他的事情关短了,你还不熟悉里面的情况就放出来了,关长了不是不划算嘛,我觉得两个星期应该时间刚刚好。"

到了晚上,李一鸣抬头看看阿姆斯特丹的月亮觉得和上海的月亮也没有什么区别,接着一口气喝了一瓶白兰地,然后烧掉了护照及身上所有证明自己身份的材料,来到了一个公用电话亭,拿起地上的一块砖,一下、两下……认真地砸着电话亭。

等警察来的时候电话亭上的玻璃已经全部被砸没了。

李一鸣手里拿着砖看着警察哈哈大笑。

一个警察用枪指着他,一个警察上前把他按倒在地上戴上手铐,押到警车上。

来到警察局里李一鸣对警察的提问就是笑而不答,警察翻遍他身上所有的物品也不知道他是谁,从哪里来的,从指纹上也没有查到被通缉什么的,问他从哪里来的,李一鸣也不说,请来翻译用亚洲各种语言问他,也问不出个所以然,告知他只要表明身份就可以通知大使馆来领他回去,不然就得关押他,李一鸣还是朝着他们傻笑。

警察没办法,砸个电话亭这种破坏公物的事情太小了,又没法判刑,也不能长期关押,只能认定这是一个酒鬼破坏公共财物,判他拘留十五天。然后把他关进了牢房。

凌晨两点,警车闪烁着警灯押解李一鸣来到了一个建筑群前,这里应该就是老外的看守所吧,只见大楼四周筑着四五米高的水泥围墙,墙顶处还排着几排电网,围墙四周的顶角还建有炮楼,每个炮楼上有几个大探照灯,照得围墙内外如同白昼一般,上面还站着军人打扮的老外握着枪,走来走去地巡视着高墙内外。

坐副驾驶座上的一位警察下了车和门口岗亭的人员交谈了几句，看了一些文件后，涂着黑色油漆的大铁门缓缓地自动打开，警车驶进了内院通道处，车后的铁门又缓缓关上。

李一鸣看到里面还有一圈围墙比外墙略微矮一点，也有四五米高，同样上面排着电网，两道围墙中间距离约有四米宽，地上不长一草一木，只是铺着碎石子。

即使有人从里面的围墙侥幸翻越成功，也会掉落在这个类似中国古代瓮城般的通道内，在这个通道内就会成为炮楼上看守瞄准的活靶子。

接着警车继续往里面开，前面有一扇几乎和外面一模一样的大铁门缓缓打开，警车驶进去后是一个很大的停车场，警察示意李一鸣下车，然后将其押解到大楼最外面的一个房间里。

里面有两个看守警察睡眼蒙眬地和押解警察说着话，好像是在办交接手续，然后让李一鸣签字，李一鸣胡乱画了几笔，反正看上去不像中国字也不像日本字。

押解警察解下了李一鸣手上的手铐和看守打着招呼就走了。

看守让李一鸣脱光了身上所有的衣服，抱着头面朝墙站着，戴上手套在李一鸣身上从头到脚摸了一遍，再做了一个蹲在地上蛙跳的示范动作，让李一鸣跳了二十几下后又检查了他的"菊花"部位，可能是检查有没有体内藏什么毒品、凶器，甚至手机一类的违禁品吧。

最后把李一鸣的衣服什么的都放在一个包里写上编号放入仓库储藏，再给了他一套红色的囚服和一包洗漱用品带入后面一间浴室让李一鸣洗澡。

等李一鸣洗完澡换上囚服后看守再给他戴上手铐，押解他走到了监区。

这栋大楼有十层高，像李一鸣这种没有几天就放回家的都安排在1楼的监区，来到监区也需要经过一道铁杠子门，交由监区值班看守后再打开一道铁杠子门才真正地

进入监房，李一鸣看到里面有很多监房，每个房间的门都用钢板包住，门中间还有个A4纸大小的窗口。

来到写着编号7的房间门口，看守先让李一鸣脸贴着墙站好，然后打开监房的铁门等李一鸣进去后锁上铁门，再示意他把戴手铐的手伸出来帮李一鸣解下了手铐，最后叽里呱啦地朝里面叫了几句就走了。

整个监房不大，一边是铁门，另一边是一堵墙，墙上开了一扇铁栅栏窗，两边靠墙各放了两张上下床，床边前后各有一个床头柜和一把固定住的椅子，再往里面是一个用瓷砖半隔开的厕所、淋浴房及水池，中间的顶上有一盏用铁网罩着的灯，这盏灯的功率也就几瓦，非常昏暗，应该就是所谓的长明灯吧。

这时有人低吼了一声，用手指指着一张床示意李一鸣睡觉去。

李一鸣此时酒意上涌确实也困了，不管三七二十一，上床倒头就睡。

一阵铃声吵醒了李一鸣，只见监房里所有人都起床了，大家各自上洗手间，然后洗漱。

李一鸣也学着大家的样子洗漱完毕，他见大家都坐在各自床边椅子上聊天、看书、发呆，或看着电视上播放的新闻。

李一鸣认认真真地观察里面的几个人，这个房间加上自己共有七人，其中有四个欧洲人、两个亚洲人、一个非洲人。四个欧洲人中有一个老头坐边上默不作声，低头想着心事；一个中年壮汉浑身的文身，边整理着胡须边用眼睛看着自己，李一鸣和他对视了几秒后，老外笑了笑，点了点头，李一鸣也回敬表示友好；另外两个是浑身文身的20岁左右的年轻人，在旁若无人、叽里呱啦地聊天。

非洲人也是一个大个子，叉开两条大腿，眯着眼睛，轻轻地哼着有节奏的歌曲，还蛮好听的。

等李一鸣最后把目光停留在亚洲人身上时，发觉那个亚洲人早已经注视着自己了。

这个亚洲人长得高高瘦瘦的，脸上轮廓分明，看着斯斯文文、仪表堂堂的，不像是什么街头混混的腔调，很像律师或者是新闻里那些主持人的样子，他朝着李一鸣微微一笑。

李一鸣也点头示好。

接着心里盘算着这国外的官司到底是怎么个吃法？是不是上来会搞一顿路子（俚语：打一顿做规矩）。

李一鸣想如果搞路子自己该怎么办？对开（俚语：对打）应该没有什么胜算，但是没有胜算也要硬上的，不然后面几天日子没法过了，大不了后面的日子在病房里过了，打定主意后李一鸣下意识地挺了挺腰板，握了握拳头。

刚刚那个大块头的中年男人已经打过招呼，不知道会不会为难自己。亚洲人嘛，毕竟大家同一个肤色应该不会为难自己吧？非洲人和老头应该是属于吃自门官司的，应该也不会有什么关系，就是两个年轻人如果上来搞我路子我应该拼尽全力地偷袭击倒一个，然后再恐吓住另外一个。

"嗯，就这样。"李一鸣心里暗自沙盘推演着。

"咔嚓"一阵钥匙开门的声音传过来，门外广播里传来排队点名的声音，只见房间里的人都站起来靠在床前，李一鸣也跟着站了起来。

没过多久，铁门的小窗打开了，一个看守在窗外点完里面的人数后，砰的一声关上了铁窗，大家又坐回自己的座位。

"你是哪里来的？犯什么事进来的？关多久？"那个亚洲人用英语问了李一鸣三

阿姆斯特丹唐人街

个问题。

"中国人，喝醉后破坏公物，15天。"李一鸣也用蹩脚的英语答着。

"中国哪里？"亚洲人用普通话问道。

"上海。"李一鸣答道。

"我是浙江青田的，我叫何倾力，叫我阿力就行。"何倾力说道。

李一鸣回道："哦！刘伯温的故乡啊，你好阿力，我叫李一鸣。"

这时李一鸣发觉其他人都用眼睛盯着他们两个人，顿时警觉起来。

阿力看到李一鸣有些紧张，连忙说道："兄弟，不要紧张，这里都是小事情进来的，几天就回家了，所以这里没有什么路子搞的，都是吃文明官司的，不像楼上都是判刑很重的，需要长时间待在这个地方的，所以听说楼上还是有点儿乱的。"

经过阿力的介绍，李一鸣知道了1楼都是拘留一个月内回家的；2楼、3楼是关女犯人的；4楼到7楼是刑期十年以内的犯人；8楼到10楼是关十年以上，甚至无期徒刑的犯人。每个楼面都有一个用铁丝网罩着的露台供犯人放风用，露台很大，可以打篮球，每个楼层还有阅读室和健身房，可以去打发时间；如果参加这里的工作，做一些手工制品还可以领取报酬，并且这里伙食还是很不错的。

老头是阿姆斯特丹本地人，是开出租车的司机，他与失足少女发生争执，动手打了人家，被报警抓进来的，明天就放了，现在是想怎么回家面对老婆，怎么和老婆解释，所以在烦恼中呢。

中年文身男是意大利人，在酒吧看足球，闹事儿打架被抓进来的。

两个年轻人是阿姆斯特丹本地人，他们都是街头混混，偷东西被抓进来的。

这个非洲人是在路上抢夺人家包被抓进来的。

阿力是和同案犯一起抓进来的，据说他很冤枉，什么都不知道，可能是受害者认

错人了,然后他们动手打了抓他们的人,没想到警察就在边上,打了没跑掉,所以被抓进来了,反正冤枉他的受害者没有证据证明他是罪犯,就只能以故意伤害判,关两个星期就回家。

这里除了那个老头以外,其他人都是昨天或者前几天被抓进来的,所以大都是新人。

李一鸣心里暗笑原来如此,大家都是在吃不准的阶段,我还紧张个屁啊。

"咔嚓"门开了,大家鱼贯而出,来到了1楼的餐厅吃早饭,李一鸣跟着大家拿好餐盘排着队来到配餐区领餐食,一个白水煮蛋、两片全麦面包、一块黄油、一小盒牛奶、一小碗类似脆谷乐的有麦片和水果干混合的谷物,水果和咖啡是自助的,李一鸣觉得早餐还是很丰富的,有国内三星级酒店水准,至少营养很均衡。

李一鸣跟着何倾力找到了他的同案犯一起坐了过去。

坐下后李一鸣看到了何倾力的同案犯,一下愣了起码足足有两秒。

天底下还真有如此英俊帅气的脸,那份淡定和优雅是从骨子里透出来的,举手投足之间充满着高贵的气质,就算现在囚服在身也比很多人穿浑身名牌要看着得体舒服。

"这是我的兄弟林子衿,我们都叫他林帅,这是我刚刚认识的上海朋友李一鸣。"何倾力给大家互相介绍着。

"你好,你好。"李一鸣和林子衿互相点头示好。

这个外号叫林帅的人长得就像当年热播连续剧《神雕侠侣》中的杨过,是那个古天乐(Louis Koo)版的杨过,并且举手投足之间还有着天王巨星张国荣(Leslie Cheung)般的优雅气质,身材嘛也是那种穿衣显瘦、脱衣有肉的体型;在人群中一站绝对有鹤立鸡群的感觉,李一鸣本来觉得自己也很帅气,遇到这个外号叫林帅的人后，便自叹不如，心里感叹怎么一个男人好看起来会比女人更好看啊！

大家有一句没一句地互相闲扯着，早餐后是放风时间，走出餐厅外面是一个室外水泥地的活动场所，四周及顶上都用粗粗的铁丝网罩着，1楼所有犯人吃了早餐都跑到这里来晒太阳，在铁丝网圈起来的上面有个篮球筐还可以打打篮球或者踢踢足球，看守随手扔了一个篮球和一个足球出来，几个犯人便自由组织在场地上活动起来。

李一鸣、何倾力和林子衿三个人坐在角落里边聊天喝咖啡边看着他们打球。

经过互相了解和摸底，大家知道彼此都是犯了点小事儿关进来的，就放下了戒备心理，开诚布公地交谈了起来。

李一鸣说："我是国内犯了点事跑到阿姆斯特丹的，不想在餐厅洗盘子，想看看有什么门路可以赚钱生存下去，看着时间一天天过去，身上的钱用得差不多了，走投无路的情况下心里有点儿郁闷，多喝了几杯，不知道怎么就把电话亭给砸了，然后就到这里了。所幸的是身上的证件什么的都不知道丢哪里了，所以老外警察也不知道我是哪里人，也没法把自己遣返回任何国家。"说完李一鸣笑了笑，心里想着这两个人是不是可以成为一条船上的人呢？

何倾力和林子衿哪里知道李一鸣的想法，且根本想不到李一鸣是自己跑到牢里来组织"加里森敢死队"的。

接下来，何倾力和林子衿也说起了他们的故事。

生命匆匆,不必委曲求全,人生很多事情是不能等待,也是不能犹豫和错过的。不要坐等,不要错过,更不要辜负韶光,飞逝的时光会为我们种下遗憾,种下忧伤,种下孤独寂寞的悲伤,留下无名的苦涩和酸楚。

林子衿与何倾力二人本来是在国内银行里工作的,在人事斗争中没有跟对人,他们跟的那个老大被斗倒,发配去了其他地方,因上面没有人罩着他们,很自然地经常被另外一帮人打压,三天两头地给他们"穿小鞋",后来他们二人一气之下辞了职。

当年的出国潮影响了几代人。

每一个人一生都有许多梦想,但如果其中有一个梦想经常不断来搅扰着你,剩下的就是行动了。

林子衿与何倾力二人毅然决然地跑到欧洲准备大展一番拳脚。

但是等真正跑到欧洲后,却一直无所事事,逼不得已只能选择做起我国古老的一种谋生手段——拆白党,他们经过反复推演后,自己设计了一个套路,由四个人配合完成,林子衿扮演来到欧洲挥霍的中国官二代,何倾力扮演中国某公司驻欧洲的企业老板,还有两个人是在欧洲新拉入伙的老外:一个扮演赌神,另一个扮演欧洲其他城市的富豪。

那么,他们究竟是如何操作的呢?

林子衿说道:"比如说我们来到阿姆斯特丹后,我会住进当地最豪华的一家五星级酒店，然后晚上和富豪去当地较好的一家夜总会寻找目标。"

"我们会订最好的包间，开最好的香槟，看最贵的脱衣舞，最后给最多的小费。"林子衿得意地说着。

林子衿接着说："欧洲的这些夜总会门面一般不大，比如那天去的这家，门口不是很起眼，不像国内都装修得富丽堂皇的，跟宫殿一样，这里门口就只有两三个保安维持着次序。然后，进入一个时光隧道般的走廊来到大厅，大厅中间有个半圆形舞台，上面有两个脱衣舞娘在表演，围着舞台有几圈桌椅，后面是高起的那种外面看不清里面，里面却能看见外面的玻璃包间，我们来到了一间包间里，包间装修豪华，沙发宽大可以左拥右抱，不仅可以看外面的表演，还能单独请脱衣舞娘进房间跳舞。"

落座后富豪指示夜店经理挑选了七八位各种肤色的脱衣舞娘进房间让林子衿挑选。

这些舞娘个个美艳妖娆，身着比基尼，林子衿看到一位长得貌似莫妮卡·贝鲁奇的舞娘，身高有175厘米左右，丰乳、细腰、翘臀，穿着紧身吊带包臀短裙，就问她是哪里人，经理连忙答道是西班牙来的，林子衿就表示只需要这位姑娘就行，其他人可以出去了，店经理直夸林子衿有眼光，这个西班牙女郎可是他们店里的头牌舞娘。

富豪也选了一个女孩作陪，然后他们四人一起开了一瓶酩悦香槟，配上车厘子和草莓，又点了西班牙伊比利亚橡果火腿、法国尼姆腌橄榄，以及几份意大利提拉米苏和各种坚果小吃，他们喝着酒、聊着天，看着香艳火辣的表演。

每次表演结束后会由一位店员带领着舞娘去每桌讨要小费，当时这种比较好的场子一般行情都是给五至十欧元，但到了林子衿这里一出手就是每人一百欧元，中途西班牙舞娘在包房里表演后，林子衿更是大方地给了一千欧元的小费。

这让西班牙舞娘对林子衿感激得不得了，富豪也是边敬酒边说着恭维话来称赞林子衿。

"整个过程中，富豪表现出一直在巴结我这个中国官二代，最后由富豪安排西班牙舞娘去酒店陪我。"林子衿得意地侃侃说道。

临离开时富豪对西班牙舞娘再三关照说："这位是中国大官的公子，我好几个亿的生意都靠他家里的关照，所以晚上一定要服务好。"

何倾力边上也插话说："欧洲夜总会正常价格是五十欧元到一百欧元，如果过夜最贵也就五百欧元了，富豪拿出三千欧元交到那个舞娘手里并且再三关照一定要服务好，这可是一个相当高的价格了。"

西班牙舞娘欣然应允。

然后林子衿说："我和舞娘来到酒店后，由于在夜总会大家已经沟通过，故比较熟悉了，所以会像约会一样地浪漫对待，我会说一番甜言蜜语让舞娘知道我非常喜欢她，愿意和她在欧洲一起度过一段美好的时光。"

"舞娘当然开心啊，我们林帅又帅气又优雅，一看就是有着贵族气质的公子哥，外加看上去就特别有钱的那个富豪，还一直恭维林帅，所以认定林帅是个年少多金的翩翩富家公子。"何倾力嬉笑着说道。

西班牙舞娘自然地拉着林帅的手，拥吻着来到了浴室，亲吻着、爱抚着彼此，花洒喷射出四十摄氏度的热水淋在两具赤裸的身体上，水汽与肉欲迸发出的激情逐渐弥漫着整个房间……

按约定时间第二天上午，一阵电话铃声吵醒了睡梦中的林子衿。

林子衿懒洋洋地伸出手去，打开电话免提，电话那头传来了何倾力用英语大声喊着："林公子啊，到了阿姆斯特丹也不来找我玩，是不是上次打牌输了几百万欧元不开心啦？要不是富豪今天告诉我你在这个酒店，我还不知道你来阿姆斯特丹了呢，我就住附近，等下一起吃个饭，下午有空再玩儿牌，上次没有过瘾，哈哈哈。"

挂了电话林子衿故意装着不开心的样子。

西班牙舞娘好奇地问："怎么啦，亲爱的？"

林子衿皱着眉头说："都怪那个富豪多嘴，告诉刚刚那个人我在阿姆斯特丹，我非常讨厌这个人，给了他很多生意做，上次打牌居然还赢了我很多钱，太不懂规矩了。"

然后林子衿故意立刻打电话给富豪责怪富豪为什么把来这里的事情告诉何倾力。

富豪信誓旦旦地和林子衿说："报仇雪恨的机会来了，保证这次肯定让你赢钱，把上次输的都赢回来，因为这次身边正好有个牌技高手在，现在一起赶过来给你看看赌神的本事。"

不一会儿富豪带着赌神到了林子衿的酒店，当着西班牙舞娘的面用纸牌变了几个魔术，足以让西班牙舞娘惊讶得掉下巴。

赌神告诉林子衿和西班牙舞娘到时怎么看他手势，大家怎么打暗号，他会发什么样的牌给他们，保证他们赢钱等。

林子衿和西班牙舞娘说："亲爱的宝贝，等下你也一起玩儿，多一个人就多赢他一点儿，先给你十万欧元做底，如果这十万欧元输了算我的，然后赢多少都算你的。"说完打开一个皮箱拿出一沓钱递给了舞娘。

这种包赢不输的生意，西班牙舞娘当然开心了，自然是欣然答应；再说刚刚看到了赌神的牌技，有赌神在不就是双保险嘛。

不一会儿，何倾力提了个密码箱来了。

大家打了招呼，富豪介绍了赌神说是公司助理，林子衿介绍西班牙舞娘是自己女朋友。

大家先在酒店餐厅一起用过午餐，然后就来到了客房，在客厅的餐桌上准备豪赌，何倾力打开箱子，里面放了满满一箱钱，说里面有五百万欧元，其实就一沓十万欧元是真的钱，其他，也就表面第一张是真钱，往下都是印刷品。

然后由富豪带来的赌神做荷官，林子衿、何倾力、西班牙舞娘、富豪四人开始玩儿梭哈，一个小时不到何倾力拿出来的十万欧元就输光了，舞娘赢了两万多欧元，开心得嘴都合不拢。

何倾力表现出输急了的表情，提出要玩儿大的，什么几千几千地押没劲，要玩一次最少一万欧元，并且上限提高到一百万欧元。

林子衿连忙表示自己和富豪都是来旅行的没有带那么多现金。

何倾力摆着手说："林公子只要一个电话在欧洲送钱上来的人多了去了，富豪自己是欧洲人还搞不定这点钱儿嘛。"

然后富豪对林子衿和西班牙舞娘说他自己想办法去拿钱了，一个小时内就回来。

林子衿也对西班牙舞娘说："我自己现金带得不多就五十万欧元，再去凑点钱应该三四百万欧元没有问题，你如果想赢钱也想想办法去筹点儿钱，还是那句话你输多少我赔你多少，你自己的本钱赢多少都是你的。"

西班牙舞娘此时已经被眼前的一切迷惑住了，接下来短短的几个小时可能比她几年赚得还要多。

她盘算着自己有十多万欧元，然后打电话出去再问两个朋友借十万欧元。

这时林子衿来电话说让他去一个酒店拿钱（其实这个电话是富豪让人打的）。

于是，林子衿提了一个空箱子和西班牙舞娘一起出门叫了一辆出租车去拿钱。

林子衿提议先陪西班牙舞娘去拿钱，西班牙舞娘去拿钱的时候林子衿在车里等着，很快西班牙舞娘取了她自己的十万欧元，然后再去她两个朋友处，借了十万欧

Chapter 7　鸡爪上刮油水

荷兰阿姆斯特丹街景

元（林子衿始终在车里等着），连同刚刚赢来的两万多欧元一起放进了林子衿的箱子里。

接着陪林子衿去一家酒店内的朋友处取钱。

林子衿让出租车司机和西班牙舞娘在车里等一会儿，他拿了钱马上下来，说完提了箱子进入酒店去拿钱。

西班牙舞娘忽略的是，她亲眼看着林子衿从酒店大厅进去上了电梯，但进入电梯后林子衿直接往下走了，电梯到了B1层，绕过员工通道从后门出来，在路边打了一辆出租车就和何倾力他们去碰头了。

时间过了一个多小时，西班牙舞娘还没有见林子衿下来，觉得情况不对，先回林子衿昨晚住的酒店等他，反正那里有赌神还有何倾力在，可能那个富豪也回来了。

西班牙舞娘急急忙忙地来到酒店。

前台说客人在一个多小时前已经退房了！

也就是说，她和林子衿刚刚出门何倾力和赌神就退房了。

这下她什么都明白了，这一切都是骗局，昨晚他们在夜总会花了两万多欧元，就为了现在要骗她的二十万欧元。

林子衿和何倾力对李一鸣眉飞色舞地述说着，最后还不忘加一句这是为了报当年八国联军的血海深仇啊！

说完这句，接下来二人低下头沉默了，因为他们知道自己做的这种事情上不了台面，骗点儿钱或者骗感情已经是寡廉鲜耻，更何况骗的是那些同样苦命操皮肉生意的女人的血汗钱，这种鸡爪上刮油水的生活就太不道德了。虽然那句"报当年八国联军的血海深仇"看似很正义的调侃，其实自己心里很清楚，只是找块遮羞布掩饰一下自己的尴尬罢了。

一个人最伤心的事情，莫过于良心的泯灭。

人类之所以充满希望，其原因之一就在于人们对正直具有一种近于本能的识别能力，而且不可抗拒地被它所吸引。

这篇故事之所以最后变成事故，其原因还是一个字——"贪"！

各位读者千万不要被这种王子遇到公主的童话故事所蒙骗，这个世上没有无缘无故的爱，你能得到，是因为你值得！

CHAPTER 8
我们爱好和平 但绝不怕战争

> 人的一生只有三种状态，昨天、今天和明天。迷惑的人活在昨天，奢望的人活在明天，只有清澈的人活在今天！
>
> 昨天已经过去，是过了期的支票；明天还没有来到，是不可提取的支票；只有今天是可以使用的现钞。只有过好今天，昨天的付出才会值得；只有把握好今天，明天才会有希望！

上午放风时间结束，大家回到了各自的监室，看守来点了一次名后，大家进入漫长的等待期，没有钟表，也没有任何时间标识，大家各自坐在座位上忍受着时间慢慢流淌的煎熬。

阳光透过铁栅栏洒落在地板上，经过观察会发觉阳光照射的位置每移动两根铁栅栏，看守就会来巡视一遍。上午阳光照射到中间第七根铁栅栏时，大家就可以去餐厅吃饭了。

午餐是面包加一碗不知道什么的海鲜糊糊，再加一点蔬菜沙拉，吃完了继续去放风。

周而复始，日子就这样一天天过去了，李一鸣和何倾力还有林子衿每天一起吃饭、一起放风、一起聊天，大家都是同龄人，兴趣相投、无话不谈。

其间李一鸣和那个意大利中年大汉也交上了朋友，这个意大利人叫阿尔弗雷德，自称是做家族生意的，后来从他的谈吐中李一鸣发觉这个意大利人也是捞偏门生意的，他最熟悉的行业就是黄、赌、毒等，只要说到这些内容意大利人便侃侃而谈，如果真的说到什么进出口贸易或者是店铺零售等生意上的事情，他就开始支支吾吾、半懂不懂地听着，大家觉得彼此还很投缘，所以总是聚在一起喝喝咖啡、聊聊天。

这天在餐厅吃饭，李一鸣和何倾力及林子衿已经吃好了，准备把餐盘放到洗碗碟的放置处，只听见一根柱子后面吵闹了起来。

何倾力过去看了一眼跑过来说："有个中国人被两个老外打。"

"中国人吗？"李一鸣跳起来飞一般地奔了过去。

何倾力与林子衿也跟了过去。

绕过柱子，李一鸣看到有两个老外拉着一个中国人用拳头捶打着。

说时迟那时快，李一鸣跑到跟前左手一探从后面扯住一个老外的卷毛头发往后用力一拉，抡起右手顺势一巴掌，啪的一声拍在这个老外的脸上。

这个老外嗷的一声，双手捂着脸，人往下蹲了下去。

李一鸣又抬起一只脚，用脚面正正地踢在他头上，把这个老外彻底打趴下，只见他痛苦地捂着脸，倒在地上蜷缩着身体，一边扭动着，一边呻吟着。

本来是两个老外打一个中国人，一瞬间变成两个中国人打一个老外了。

学过柔道的李一鸣上前左手一探，拉着另外一个老外手臂往自己身体方向一扯，接着右手在他腰部一托，脚和胯部依势成为一个支点，扭腰腿部一蹦，给这个老外一个过肩摔，嘭的一声，结结实实地摔在地上。

那个打架的中国年轻人跳起来骑在他身上抡起拳头，"噼里啪啦"地砸在这个老外身上。

周围其他老外见状也一个个抡起拳头上来帮自己同胞。

一场大战顿时上演。

李一鸣觉得脑后一阵疾风，他也无处可躲，头一缩背一弓，右肩硬生生地挨了一拳，他往前一蹿，双手护住头，前面又是无数个拳头砸在了背上。

李一鸣弓着背，用眼睛一瞄看到前面一只大脚踢了过来，急忙用一只手捂着头部，让后背受着拳头的击打，用右手一把抓住那人脚踝往边上一拉，然后用自己的身体反方向撞在那个踢脚的人身上，一下把这个人撞飞出去。

顿时前面露出一个空当，李一鸣往前一跳，故意在落地的时候一脚重重地踩在撞飞出去的人脸上。

正好边上是柱子，李一鸣急忙用后背贴着柱子，这样就不用担心背后被人袭击了。

只见何倾力与林子衿也加入了群架，他们二人同时被几个人围着在打。

还有最早打架的那个年轻人这时也正被人按住一顿胖揍。

这时又有一个中国年轻人加入进来，他长得矮矮胖胖很敦实的样子，一边骂骂咧咧，一边和几个老外你一拳我一拳地对夯中。

有三个老外抡着拳头砸了过来，李一鸣头一低，双手护着头部两边，第一拳过来快到脸部时，头微微一侧，这一拳重重地打在柱子上，这可是水泥柱啊！这个老外疼得嗷嗷直叫。

另外一个老外的拳头也跟着快到的时候，李一鸣伸出一脚踢在他膝盖上。疼得这个老外一下倒地，本来还有一个老外紧随其后的，突然看到他的同伴一个捂着手哇哇乱叫，一个捂着脚也是哇哇乱叫，一下子愣在了原地。

李一鸣上前一把抓住他，脚一绊，身体一扭，把他掀翻在地上，接着一脚踢在他肚子上，就不再管他死活，急急忙忙去帮何倾力他们。

这时何倾力已经被两个人按倒在地上，李一鸣跑过去飞起二脚踢在那两个人头上，一下把那两个人踢晕了过去。

边上揍林子衿的两个人，李一鸣和何倾力一人对付一个，跳起来用拳头砸在他们后脑勺上。

当即又干趴下两个。

这时只听见有人大声吼了一句："都给我住手！"

所有人都停止了打斗，一起把目光看向一个中年光头大叔。

光头大叔还没有说话，狱警的口哨声、吼叫声已经传来了，光头大叔看了一眼李一鸣他们，咧嘴坏笑了一下，那个表情好像告诉李一鸣他们：你们死定了。接着所有人都抱头蹲着，几个倒在地上嗷嗷叫的人也无奈地抱头蹲着。

这场群架大家各有胜负，狱警看参与的人数众多，也没有什么人真正地受伤，见没什么大碍，就大声呵斥了几句，便命令各自回房间。

回到房间后，经过房间里那两个阿姆斯特丹的小混混眉飞色舞地讲述后，李一鸣这才知道原来是那个中国年轻人排队打饭时，一个老外插队在他前面，他就说了一句"你为什么要插队"，那个插队的老外就说"我朋友在你前面"，然后两个老外仗着人高马大边嘲笑边推搡起中国年轻人，随即，中国年轻人愤怒了，然后老外就开始揍他，再然后李一鸣他们帮他一起打，还有就是另外有个中国年轻人也加入进来一起打。

重点是那个中年光头大叔是当地混黑道的大哥，叫戴维斯，参与打架的人里面好几个都是跟着他混的。

了解完这些情况后李一鸣和何倾力商量了一番。

第二天早餐时间。

李一鸣一个人直接走到光头大叔戴维斯餐桌前，盯着光头大叔戴维斯看了一会儿说："我叫李一鸣，中国人，昨天是一场误会，还好大家都没事儿，所以我过来和

你聊几句。"

昨天参与打架的几个老外这时也撸胳膊卷袖子地站在戴维斯边上，就等老大一句话，准备动手教训这个不知天高地厚的中国人。

戴维斯很坦然地问道："你要说什么？是准备继续打呢还是赔礼道歉？"

"哈哈！我们中国有个伟人曾经说过一句话'我们爱好和平，但绝不怕战争'，我可是从小受着伟人的教育成长起来的一代人。"

李一鸣环顾一下四周，学着小爷叔当年的腔调，斜了一眼戴维斯，继续说道："戴维斯先生，我知道目前你是这里的老大，他们这些人都听你的，所以我想告诉你另外一句我们中国人的老话叫'射人先射马，擒贼先擒王'，虽然你没有参与昨天的冲突，但这些人都听你的，所以只要我身边任何一个中国人再受到欺负了，我们不会找其他人，只找你一个人，你到时要小心身边任何一张中国人的脸，他们随时随地会要了你的命。"说罢，李一鸣拿出一把已经磨成锥子状的牙刷递给了戴维斯。

戴维斯脸一下阴沉了下来。

李一鸣接着说："在这里我们中国人虽然不多，但我们很团结，我们不想和任何一方起冲突，我们来这里是求财的，不是来和别人打架的，你如果和我成为朋友的话，我背后的整个中国市场等着我们一起去挖掘财富，我知道你现在的生活也过得不怎么样，跟我合作后是双赢，可能你也不用再过现在这种日子了。你好好想想，也为自己将来的生活考虑一下吧。"

"当然你也可以不和我们合作，为了面子拼到底，那我们也只能奉陪到底了，下次给你的这把牙刷可能直接在你胸口或者喉咙了。你觉得有什么意义吗？"

说完李一鸣伸出手，示意握手言和。

戴维斯犹豫了一下，笑着伸出手和李一鸣的手握在一起。

放风场地一角。

除了李一鸣、何倾力、林子衿，今天又多了两个昨天一起打架的中国年轻人。

他们二十五六岁的年纪，一个来自东北，叫钱征，是路上遇到小偷在偷东西，立马跑上前就是几拳，不小心把人打伤后进来的。当时小偷的手刚刚伸进包还没有拿到赃物，所以没法认定偷东西，但他莫名其妙地打人家时周围人都看到了。

昨天也是他看到中国人吃亏就加入进来一起打的。此人身形矮胖壮硕，性格直爽，在家排行老三，因脾气火暴，所以大家都叫他钱三炮。

还有一个来自广东，叫陈卫东，和人换钱发生口角，打架进来的。此人体形中等偏瘦，为人看着非常活络精明，他有一个非常广东的称呼叫"阿东"，昨天就是他和两个老外先起冲突的。

大家好奇地问了李一鸣和戴维斯谈判的经过。

大家都好奇李一鸣怎么会认为那个戴维斯生活不如意？并且一把牙刷就吓住他了？

何倾力说："我在边上随时随地就准备和他们拼了，我也不知道他葫芦里卖的什么药。"

李一鸣笑着说："其实很简单，如果这个戴维斯真的如我们房间那两个小混混说的是个什么黑道大哥，并且有钱有势，那这种拘留几天的小官司他不可能吃的，人家早就花钱保释了，所以我断定他这把年纪了还在这里吃官司，肯定外面日子不好过。再有就是我看他昨天一直没有动手就知道他是个比较珍惜自己的人，也就是说他是那种典型的'口气永远比力气大'的人。这种人觉得和自己无关的事情是不会莫名其妙地出头的，何况这种平时在街面混的老混混，如果真的伤害到我们，以后出门看到那么

多亚洲面孔会觉得个个都是杀手,不吓死他才怪。"

大家听完李一鸣的分析,都笑了起来。

李一鸣接着说:"然后我再给他一个合作的台阶下就行了,不过说不定以后真的可以用到他这种人,毕竟人家是当地人,这里的情况他熟悉。"

钱征问道:"那他这个当地人为什么会被你说几句就唬住了,信你背后真的有什么组织呢?"

"因为他不了解我,不知道我是谁,所以我背后有无限想象空间,这和很多人怕鬼一样,其实谁也没有看到过鬼,正因为没有看到过鬼、不了解鬼,所以对鬼的能量有无限的想象空间。"

这番话大家觉得有理,不住地点头表示认同。

这天李一鸣、何倾力与林子衿三个人吃完午餐来到放风的地方喝咖啡聊天,坐下后钱征和陈卫东也坐了过来,李一鸣说:"大家过几天出去后准备做什么?"

何倾力说:"不知道啊,当时和西班牙舞娘路上遇到,被她发疯一样地抓住,她身边的那个男的也一起抱着我,我打他都没有用,没打几下,边上的警察来了,富豪和赌神混在人堆里跑了,我们两个一口咬定不认识她,是她认错人了,以为中国人都长一个样子,所以只能以故意伤害判我们,现在富豪和赌神肯定回酒店拿了钱跑了,如今也不知道他们在哪儿,这个活儿出去肯定没法儿做了,还是要想想办法了。"

林子衿也接着说道:"如果你加入的话也缺个人手,这个活儿没有四个人密切配合是做不好的,再说在国内的人手好找,现在欧洲需要找老外来配合,才比较有可信度,再说我也不想做这个事情了,终归觉得很缺德,去骗那些苦命人的钱我内心时常不安,人家都是操皮肉生意一点点赚的钱啊!我反正这次也赎罪了,出去后也不想做了,至于具体怎么生存我想听听你们的意见，如果有合理的想法我愿意大家一起拼一下。"

李一鸣用眼神示意了一下说："看到那两个阿姆斯特丹的小混混皮特和汤米了吗？他们在聊天说有人愿意一次给他们五万欧元，把一种墨西哥槟榔从荷兰带到德国，墨西哥槟榔在荷兰是合法的，但在德国由于没有通过当地食品药品检测，被发现运输或咀嚼，抓到就要罚款或者坐牢，可是德国很多夜店里墨西哥槟榔都是供不应求，需求量超级大。他们又想赚钱又怕坐牢故一直在犹豫，我上次和他们说让我来冒个险，他们觉得可以让我试试。"

林子衿急忙说："这种很多是倒勾（俚语：特勤、暗探），很危险的，而且这种被抓住的话可不是一两个星期就放你回家的，再说做这种小事情需要我们这么多人吗？"

李一鸣反驳道："如果一个人不愿做小事，那么大事也很难做成，老子告诫人们'天下难事，必作于易，天下大事，必作于细'，如想成功，比别人更优秀，就要多在小事上下功夫，成功靠的是点滴的积累。"

钱征咧开嘴笑道："你是被子里放屁，能文（闻）能武（捂）啊，打架的时候没有看出来你这么能说会道啊。"

"钱三炮，你知道什么呀，监狱这种地方属于人才辈出的地方，李一鸣就属于纯正的老黑鱼沉底。"何倾力笑着说。

何倾力朝着林子衿继续说道："林帅，你也不要慌，我们先听李一鸣说说怎么做吧。"

林子衿："嗯嗯，李一鸣，那你有什么计划哇？"

李一鸣顿了顿，继续得意地说："放心，我知道里面会有问题，但我做了万全之策来对付他们，不过需要你们来配合，小心驶得万年船啊。"

而后李一鸣就把详细计划告知了大家，经过讨论，大家觉得此计划真万无一失，

就等放票（俚语：刑满释放）后大干一番了。

林子衿最后被说服了，觉得计划稳妥，愿意一起干，只有陈卫东站边上没有吱声，内心还在犹豫。

李一鸣看到后说："没关系，第一次你先边上轧轧苗头，哦！对不起说上海话了，意思就是观察观察再说，这种事情不好勉强的，我再酸一下，本人一直认为人生是在进行着无数次入围与淘汰的比赛，无论是入围还是淘汰，都应该有一颗超越自我之心、挑战自我之心、战胜自我之心，以及一份不甘落后顽强拼搏的精神。"

钱征点头赞道："虽然酸得掉牙，但是很有道理。能认识你，这次牢狱之灾我认为也值了。"

放票的日子到了，早上李一鸣伸了伸懒腰，起床洗漱完毕后，坐等放票，只听见一阵"咔嚓咔嚓"钥匙开门的声音。

这天和他一起放票的还有那个意大利人阿尔弗雷德。

经过二道门后，李一鸣深深地吸了口自由的空气，感觉天朗气清，一切都是很美好的。

和阿尔弗雷德握手告别后。李一鸣看到了早他两天放票的何倾力与林子衿在门口等着他，三人走上前去握了握手笑笑，李一鸣问："我关照的东西都准备好了吗？"

"嗯"，二人同时点头。

李一鸣微微一笑，拍了拍两人的臂膀，并肩离开了朝夕相处十多天的这个鬼地方。

CHAPTER 9
玉兰香餐厅小聚义

想要改变自己最快的方法就是做你害怕的事情。
如果惧怕前面跌宕起伏的山岩，生命就永远只能是死水一潭。

休息了一天后。

三人来到阿姆斯特丹的水坝广场，按原定计划分散开来，李一鸣等了一会就看到两个一起坐牢的小混混皮特和汤米走了过来，见面后便说带他去见一个人。

他们来到一家咖啡厅里，皮特和汤米指引他认识了一个中年男人，介绍说这位老板叫萨蒙。此人中等身材，大肚子，秃顶，一脸肥肉，穿着一套做工考究的西服，嘴里叼着一根粗大的高希霸古巴雪茄。李一鸣看着他就觉得在哪里见过这个人，低头想了一下，暗暗一笑，怪不得觉得眼熟，看这人腔调和大导演希区柯克一个做派，接着这人对着李一鸣说："在我们荷兰吃墨西哥槟榔是合法的，但在隔壁的邻居德国，这种年轻人喜欢的零食政府却是禁止的，你只要把这包墨西哥槟榔带到德国的科隆就可以得到一万欧元，不过在你身上被查到，你在德国会坐很多天牢的，你要不要去跑一次可想清楚了吗？"

"我想清楚了，与其饿死不如放手一搏，我没有选择。"李一鸣耸耸肩说道。

这人接着说："好！我会派人一路上保护你的，你也不要耍什么花招，到了科隆后你出火车站往左边走，在科隆大教堂边上的霍亨索伦桥中间等着就行，有人会来找你的，让你给他包，你把包给他就行了，钱由我派去的人和他交易，这个你就不用管了。"

然后这人给了李一鸣二百欧元继续说："这些钱是你一路上的费用，五万欧元等你成功回来后，我再给你，祝你一路顺利。"

李一鸣接过二百欧元，把那一大包足足有十公斤重的墨西哥槟榔放进了自己的双肩包里然后背上就出门了，出了门他用眼左右一瞄，就发觉有两个大汉紧紧跟着他。

李一鸣来到火车站后买了一张去科隆的车票，然后走进洗手间找了最里面一间门上挂着维修中的牌子，立刻随手拿下牌子推门走了进去。

刚刚坐在马桶上，这时门外急急忙忙地进来两个人，他们一扇扇地打开厕所的门，遇到打不开的就敲，只听见有几个蹲坑的老外在责怪他们，直到他们敲到最后一扇门，听见李一鸣的声音才安心下来，在厕所外等着李一鸣。

这时李一鸣隔壁有一只黑色的手伸了过来，做了一个胜利的手势，李一鸣急忙把双肩包里的墨西哥槟榔拿出来给到这只黑色的手上。

然后从厕所垃圾桶里拿出事先准备好的一包泡沫海洋球倒进双肩包里。

上完洗手间李一鸣在火车站逛了一会，就坐上了去往德国科隆的火车，两个大汉也在不远处的位子上紧紧看着他。

花开两朵，各表一枝。

在洗手间里那只黑色的手就是在看守所与李一鸣和何倾力同一个房间的那个抢夺皮包进来的非洲人，李一鸣看他也是烂命一条就暗暗地说服他，拉他入伙了，这非洲人叫艾迪，一直在街头混，不是偷就是抢的，进班房就像回家一样，这次李一鸣拉他入伙说要靠脑子和团队赚大钱，他不假思索地就答应了，艾迪也希望通过不一样的圈子改变自己的人生。

　　艾迪拿到墨西哥槟榔后，把墨西哥槟榔塞进自己的一个箱子里，出门时还看见两个大汉盯着李一鸣上厕所的门，他扭头笑着拉着行李箱就跑到候车室。

　　艾迪逛了一圈便上了开往科隆的火车，刚刚把行李箱放在头顶的位置上后，边上来了一个人也放好了体积差不多的一个箱子，然后在他对面坐下，这人正是林子衿。

　　两人装作不认识，一路上也没有任何交流，在外人眼里看他们一个非洲人一个亚洲人完全是不相干的两人。

　　到了科隆，林子衿一探身拿了艾迪装有墨西哥槟榔的行李箱就下了火车。

　　但他没有出火车站直接把箱子放进车站的自助寄存柜里，然后打了电话告诉何倾力柜子的位置和取件码，就转身买了一张回阿姆斯特丹的车票直接回去了。

　　艾迪出了车站逛了一圈也坐车回阿姆斯特丹了。

　　何倾力提前赶到科隆火车站后，在出口右手边星巴克里等着林子衿的信息，等收到信息后就跑到科隆大教堂广场上，拿着一个照相机一边冒充游客拍照，一边注视着边上霍亨索伦桥。

　　李一鸣是故意拖拖拉拉晚一点儿出火车站的，他要留出时间给同伴准备好一切。

　　等李一鸣出了科隆火车站到了霍亨索伦桥中间时，虽然科隆大教堂的广场上有很多人，但他还是一眼就看到了何倾力，他知道一切都已经落实妥当了，再回过头他看到两个大汉还是在不到十米远的地方注视着他。

　　这时李一鸣看到一个红头发的老外朝他走来，等走近后对着他说包可以给他了，李一鸣说了声OK，居然从包里掏出一个摩托罗拉对讲机给他，然后放下包转身就走。

　　红毛老外一脸迷茫，怎么交易规则变了？！刚想叫住李一鸣，便听见对讲机里传出何倾力的声音。

何倾力指示他去自助寄存柜的位子自己去拿货，并且告知他现在的交易规则是为了安全，必须人货分离。

红毛老外跑到寄存柜前看见一排柜子，就按何倾力的提示输入取件码，刚刚输完只见边上一扇门打开了，里面有一个拉杆箱，红毛老外拿了箱子就离开了。

李一鸣顺利地完成了任务，回到了阿姆斯特丹的咖啡屋。只见那个西装笔挺的形似希区柯克的人乐呵呵地等着李一鸣，他进屋后身后两个大汉也同时跟了进来。

萨蒙好奇地问李一鸣："你是怎么在我萨蒙的眼皮底下掉包的？还人货分离，这招太漂亮了！"

李一鸣笑笑说："这个你就不要问了，反正我顺利完成了，毕竟关系到我的生命和自由，我得多做几道防火墙啊，这样即使和我交易的人是警察也拿我没有办法的，说实话我也不知道货在什么地方。"

萨蒙哈哈哈大笑道："和聪明人一起做事情就是让人放心，下次带货希望你能继续帮我。"说完拿出一个纸袋，里面放了五万欧元，递给了李一鸣。

出了咖啡馆，李一鸣去酒店接上了钱三炮和陈卫东一起来到了一家叫玉兰香的中国餐厅。

这家餐厅是当地最有名、最豪华的中餐厅，外墙是岭南建筑的风格，白墙灰瓦间左右各有一只石狮子守门，门口立着一米多高的雕花户对，跨过门当是进入落轿厅（这就是大户人家所谓的门当户对），摆放着一顶描金雕花的八抬大轿作为摆设，穿过落轿厅绕过大理石影壁墙来到大厅，大厅摆放着三十几张八仙桌，四周用木刻人物故事雕花装饰，顶上挂满了宫灯，宫灯上绘着红楼梦金陵十二钗的人物造型，服务员统一着装，女生清一色的旗袍，男生清一色的青布长衫。

在服务员的带领下他们绕过一片荷花池，迈过一座小石板桥来到一间包房里。

只见里面早已坐着何倾力、林子衿和艾迪，六人笑着坐下各自打着招呼。

李一鸣拿出纸袋来说道："我正式邀请艾迪一起入伙，他对当地各方面都比较熟悉，大家以前小打小闹松散型的混生活方式已经没有多大优势了，在外面混肯定会被有组织的团队所打压，所以我们要有组织地行动，大家有缘从天南海北聚在一起闯世界，我们的一致目标就是挣钱，改变自己的生活状态，过自己想要的人生。"

何倾力边上接着说道："说得太好了，此处应该有掌声啊。"

大家哈哈大笑拍起手来。

李一鸣内心知道，靠个人是没有力量的，就像当年小爷叔出狱后也是靠着他们官司单位一帮狱友组织起来才能在社会上立足，才能给人看看身份证就能拿到烂账，想要立足生存，靠一个人的力量是无论如何也做不到的。

只有艾迪一脸茫然，何倾力立刻为他翻译了一下，艾迪忙点头说着 ok。

李一鸣接着说："现在手里就五万欧元，大家一个船队（俚语：团伙）上的人，有福同享，有难同当，我们每人三千欧元，大家分掉当作零花钱，多下来的先放阿力这里保管。"

接着李一鸣把钱交给了何倾力。

何倾力接过钱说："我考虑我们要不去鹿特丹的唐人街吧，毕竟那里中国人集中，关键饮食比较对胃口，什么地方的菜肴都有，又能避开那个萨蒙，不要让他们摸清我们的底细，保持点儿神秘感比较好，不要把手里的底牌全部都给他们知道了，再说距离产生美，对吧。"

众人觉得有理，一致同意。

"那今晚我们好好吃一顿，服务员点菜！"李一鸣说道。

Chapter 9　玉兰香餐厅小聚义

荷兰阿姆斯特丹街景

何倾力对着艾迪说道:"让你尝尝我们中国菜有多美味。"

大家一致推举林子衿来点菜。

林子衿也不客气,看着菜单就点起菜来:"服务员,我们要这个黄焖海虎翅六位、蚝皇吉品二头鲍六位、烧鹅半只、玫瑰豉油鸡半只、脆皮乳猪一份、卤水拼盘大份、黑松露鹅肝爆炒牛仔粒、松茸鸡汁油菜心,再来两打蟹粉锅贴,再来条东星斑清蒸。哦!东星斑还是堂灼吧,酒嘛就上我们国酒茅台。"

烧鹅、玫瑰豉油鸡、脆皮乳猪、卤水拼盘和茅台酒先上桌了,大家开始推杯换盏地吃了起来,在座的几个,如钱征、陈卫东、艾迪,平时也没有来过这种比较高档的中餐厅,对中餐的理解就停留于商场里的中式快餐,吃得最多的就是鱼香肉丝、麻婆豆腐和菠萝咕咾肉。

甚至李一鸣也没有吃过鱼翅、鲍鱼一类的菜肴,当脆皮乳猪一口咬下时,他们直接惊呆了:那是猪皮?怎么可以那么脆?里面肉还那么嫩……等到几道大菜一一品尝过后,感叹着这是人生吃到过最好吃的美味,说那个又鲜又黏稠的什么鱼翅居然是鲨鱼的鱼鳍做的,怎么加工得那么软糯鲜美。

这时林子衿得意地一笑,卖弄了起来:"来来来,我帮大家介绍介绍今天我们吃的这道鱼翅。鱼翅为古代八珍之一,八珍虽有好几个版本,但鱼翅总能占据一席之地,可见其在林林总总的美食中有巩固的地位。最早食用鱼翅的人是渔民,渔民出售鲨鱼后,将鱼鳍留下自己食用,后来鱼商发现有利可图,便收为商品开始出售,鱼翅才渐渐出现在宴席上。至明代中期,鱼翅已被人们广泛食用,各类书籍对鱼翅的选料和烹制多有介绍。《金瓶梅词话》中评价鱼翅为'珍馐美味''绝好下饭'。《明宫史》

有明熹宗喜食用鱼翅制作的'一品锅'的记载。南方各地尤其将鱼翅视为珍贵烹饪原料。所以,其实我们国家加工鱼翅的历史并不长,是从明代开始的,首先,捕鲨本身就带有危险性,因为鲨鱼凶猛,能够攻击人类,捕杀过程风险很高,导致鱼翅相当名贵;且烹调还颇费功力,只有技艺高超的厨师才能制作出鱼翅菜肴。为此,明清两代大厨们各显神通,不断推出鱼翅菜品,同时也逐渐形成了区域性的烹饪特色。当时食界共推闽、粤大厨烹饪鱼翅为最佳。"

林子衿喝了一口酒,吃了一块豉油鸡接着说:"捕捞鲨鱼是非常残忍的,渔民通常只割掉鱼翅。然后将仍然活着的鲨鱼扔进大海,让其在极度痛苦中自生自灭,所以我们还是不吃为好,下次聚餐就不点了吧。"

众人听罢唏嘘不已。

这时艾迪插了一句话说:"中国餐的确好吃,但不卫生,如果像我们这里每道菜都是分食制的那样干净卫生就好啦,所以中国菜的用餐方式要改一改啦。"

大家听了点头称是,只有林子衿哈哈一笑说道:"你们知道吗?我们国家从古至今一直是分餐制的,大家看过的一些电视剧里面也是有所体现的,《水浒传》里水泊梁山的好汉们都是一人一个位子自己吃自己的,以汉代乃至春秋战国时期为历史背景的影片,更是坐在地上一人一份地用餐的对吧,只是到了元代,受草原民族的影响才由分餐制改成共餐制。你们再想一下,草原民族围着篝火吃羊肉的场景是不是这样,不过元代才统治了不到百年,在明代已经大多数又改回分餐制了,但是后来吴三桂冲冠一怒为红颜,引八旗入关后,到了清代,结果被统治了二百七十六年,受清代游牧民族的用餐习惯影响,才继续被巩固了共餐制这种餐饮习惯,你们现在知道了吧。"

陈卫东若有所思地问道:"林帅你刚刚说水泊梁山好汉是坐着椅子吃饭的,那为什么早些时候的人是坐地上吃饭的呢?"

林子衿哈哈一笑说道:"兄弟你听得很认真,是的,我们华夏民族是世界上唯一改变生活习惯的一个民族,我们由低慢慢逐渐往高改变了自己的生活习惯,大家看我们在隋唐以前吃饭睡觉都是在地上的,没有桌椅也没有床,只是地上铺一块草席,用一张小案几吃饭读书写字,所以我们目前的一些话还带有以前的生活内容,比如我们参加一个聚会叫出席,如果是吃饭的叫宴席……"

众人听得入迷,点头称是。

林子衿接着说:"在我们国家鸦片战争以前,主要的敌人,都是在我国的北方,万里长城就是防御北方游牧民族入侵的,鸦片战争以后对我们的入侵都是来自海洋,这个今天不提。和北方游牧民族的战争中,由于北地寒冷,这时如果再席地而坐就会不舒服了,然后北方游牧民族就有使用马扎这种简易折叠椅的出现,当时的马扎用几根棍子一交叉上面固定一块兽皮就可以坐了,收起来也方便,只要往行李夹缝中一塞就行了,再后来演变成更复杂一点的折叠椅,由于是几根木材交叉折叠的故称为交椅。而和北方游牧民族接触最多的是那些镇守边关的战士和将军,所以交椅最早是由武将使用的,你们看《水浒传》里武将论资排辈都是以第一把交椅及时雨宋公明哥哥、第二把交椅玉麒麟卢俊义哥哥这样称呼的。"

众人无比佩服地赞叹道真是这么回事啊!

林子衿又接着说:"有了椅子当然要有桌子了,那座椅都有了,你还睡在榻上面就很奇怪了,以前人都是睡在矮矮的榻上面,不是还有宋太祖赵匡胤一句名言'卧榻之侧，岂容他人酣睡'吗？你们设想一下睡觉的时候看到房间里的都是桌椅腿心里肯定会很不舒服，那榻就升高变成床了，我们的生活习惯就这样改变了。"

钱征无不佩服地说道："林帅你怎么那么厉害，这些事情都知道。"

何倾力笑着说："你们以为林帅泡妞就是靠长得帅啊！当然长得帅占三分便宜，主要还是靠学识，学识才是另外的七分便宜，这样才能十全十美。如果肚子里面没有货，长得再漂亮也是白搭，所以泡妞也不是那么简单的事情，也要上知天文下知地理、古今中外上下五千年全部都要略知一二，不然人家女的和你聊几句就知道你是绣花枕头一包草。"

大家聊天喝酒很是快乐，在微醺中各自回了酒店。

鹿特丹唐人街

人生其实像个圆圈，有的人走了一辈子也没有走出命运画出的圆圈，他就是不知道，圆圈上的每一个点都有一条腾飞的切线。

接下来的几个月在李一鸣的组织下又继续为萨蒙跑了几次德国，其中有两次被德国便衣警察抓到过，但运货人身上除了一个摩托罗拉对讲机外没有任何货物，警察也只能放人。

这两次事情提醒大家，不管在哪个圈子里，都是我中有你，你中有我，所以更要小心谨慎，多次换手可能会有差错，但还是比较安全的，还有就是不要让任何人摸透规律，所以在每次运输前要精心设计好路线及每个换手掉包的细节，以确保万无一失。

再以后的墨西哥槟榔运输设计，都由何倾力负责，他以前在银行里就是负责这种类似安保工作的，所以对他来说属于老本行，何倾力制定了两头明、中间暗的策略，就是拿货人员固定，最后交货人员也是固定的同一人，因为这个人已经暴露了，就是一张明牌，所有人都知道是他拿的货，最后也知道他已经抛掉货了，但中途和他接触的人都是暗桩，每次都是轮流换人，并且换几拨人转，各人只知道自己问谁拿、交给谁，其他都不要去问，以确保安全。

很快何倾力告诉李一鸣，手里的现金已经超过十万欧元了。

李一鸣召集大家说道："我们目前手里有十万欧元，已经具备去鹿特丹的条件了，这点儿钱可以在那里租到不错的房子,所以准备明天就杀向鹿特丹,大家觉得如何?"

众人称好,林子衿提议可以带大家一起去逛逛阿姆斯特丹的红灯区。

印象里,荷兰是一个童话王国,美丽的郁金香花田和浪漫的风车,满满的田园风情,让人充满了向往。

次日醒来,大家各自赶往鹿特丹。

鹿特丹唐人街。

里面的感觉像小时候看到的功夫电影的街道。红色和黄色的招牌像是宣告着这里是华夏儿女的地盘,橱窗上贴满了繁体字,里面是地道的中国国货。

牌匾上写着1911年。这里是欧洲最早建立的唐人街。

最早在码头工作的中国货运工人创立了唐人街,他们大都来自中国广东或者南洋的粤语地区。比起世界其他地方的"明星唐人街",诸如旧金山、纽约和伦敦的唐人街,鹿特丹唐人街承担着更多的日常功能,为生活在当地的人提供所需要的中国食材、商品和服务。

这里保留了亚洲美食的精髓:小吃和夜宵。你可以在同一条街上连续走进四五家店,品尝七八种小吃,也可以在夜晚十二点从酒吧出来后买到一盘干炒牛河或一碗皮蛋瘦肉粥。这在欧洲可是非常奢侈的一件事情。

在鹿特丹唐人街天香楼餐厅海棠厅的包房内,李一鸣、何倾力等六人吃完午饭,让服务员撤下了碗碟,泡了一壶菊花普洱,开始商量下一步的计划。以大家商量的民主方式管理,少数服从多数。可能这件事情大家听A的安排,另外一件事情大家听B的布置。

经过讨论大家认为,今后主要经济来源一是靠将墨西哥槟榔从荷兰运往欧洲其他地方;二是要在鹿特丹唐人街站稳脚跟,想办法挣钱。

比较容易的是,墨西哥槟榔运输的生意,大家已经驾轻就熟了,只要在人员方面调整一下就行,这件事情就由何倾力负责,每次人员安排由他布置妥当,并且定下规矩每次中转换手必须要经过两次以上倒手。另外,还要考虑乘坐多种交通工具抵达目的地,所有人的任务由何倾力单线交代,也就是说第一个接货的人员不知道最后的货在谁手里,也不知道是坐火车还是开车运送货,更不知道会放在哪个地方,哪怕这个人被警察按住也没有关系,手里什么东西都没有。唯一担心的是真正带货的人路上出差错被警察查到,但这个问题也规避掉了,因为运货的人只管运送不知道交给谁,也不知道自己是不是最后一个交货地点,所有交货地点选择德国、比利时或者法国等的边界城市。大家要和萨蒙保持良好的合作关系,吸收新成员加入中转,比如戴维斯和小混混皮特和汤米这些人,不过他们只能是第一道换手和最后一道,因为这些老混混和小混混说不定都是警察的线人,由他们去做明面上的枪手倒还是可以的。

钱三炮这时提出一个问题,他认为墨西哥槟榔这种东西最好不要去碰,感觉搞得像贩毒一样,说出去也不好听。

林子衿哈哈大笑说:"兄弟,我和你普及一下墨西哥槟榔是不是违禁品这个问题。首先一点是,在荷兰这个国家我们做墨西哥槟榔生意肯定是合法的,因为墨西哥槟榔是纯植物的,和雪茄一样。"

"那墨西哥槟榔吃了会上瘾,还会飘。"钱三炮不太买账。

林子衿笑笑继续说:"没错,是会上瘾,也会飘,那我问你,你喝酒上瘾吗?喝多了会不会飘?你抽烟上瘾吗?也飘过吧?让人上瘾的东西还有很多,比如辣椒、咖啡、茶等，你第一次吃辣椒肯定不习惯，但等你习惯了就无辣不欢了对吧，咖啡、茶、烟、酒都是第一口肯定难吃，你哪天习惯了就是哪天上瘾了。"

"这样啊！"大伙听得津津有味。

李一鸣也附和："我们来到荷兰这个地方发展就对了，当年我们上海有个大亨杜月笙就是靠走私发家的，他就是利用租界里和租界外对物品的管制，和我们现在在荷兰和德国等地的情况一模一样。再说了，现在流的口水，将成为明天的眼泪！要明白奋斗时的苦痛是暂时的，懒散后的痛苦是终生的。"

钱三炮听完李一鸣的话笑道："我就喜欢听你把这种干坏事说得正义凛然的样子，哈哈哈。"

何倾力也附和道："天时地利人和啊！只要我们兄弟配合好，不要有人掉链子，我们肯定能在这几年赚一票的，说不定哪天德国、法国也墨西哥槟榔合法了，这个生意也就结束了。"

林子衿接着话题说："对的，当年美国禁酒令时期就是黑手党靠走私私酒生意赚得盆满钵满的，最有名的黑手党'疤脸卡邦'就是禁酒令时期发财的。那你说酒有什么错？后来美国取消了禁酒令，然后这个私酒生意就结束了。从 20 世纪 70 年代开始，美国各州出现墨西哥槟榔'去罪化'大规模运动，旨在减轻对少量持有墨西哥槟榔者的刑罚，可能以后各国墨西哥槟榔都会和当年的禁酒令一样合法了。"

钱三炮连忙说："原来如此，那我们可要抓住机会了。"

"哈哈哈……"众人大笑。

会议还安排了艾迪和陈卫东负责找两处落脚点，落脚点的要求：

1. 公寓楼顶楼，最好是五六层楼的顶楼，消防通道隐蔽一点的；

2. 顶楼最好就一家人住；

3. 如果有条件的话最好附近靠近警察局；

4. 需要特别安静的住宅区，不要闹市区；

5. 需要安装监控设备。

大家分工明确后各自散去。

这里有个问题，为什么要靠近警察局？而且租个房子那么多讲究干吗？

其实人在河边走，哪有不湿鞋的，这些措施就是防止黑吃黑。

接下来的日子，但按事先说好的，只让戴维斯、皮特和汤米负责第一道和最后一道，由他们去萨蒙那里拿货，在比较隐蔽的地方交给其他人，然后他们还要装模作样地跑一次来迷惑别人。

事后有人问李一鸣为什么要这样搞？还要提高运输成本？

李一鸣是这样回答的："虽然运输成本是提高了，分钱的人也多了，但我们安全啊，多跑一次什么钱都赚回来了，如果把人搭进去了更不划算，至于为什么会想到这样做，是明代开国皇帝朱元璋出殡启发了我。"

"朱元璋下葬时为了不让人知道墓道的准确位置，就在出殡的当天杀了很多陪葬的妃子，然后十三个城门同时出殡，而且是十三队皇家车马同时出城，等安放好棺椁后封闭墓道，在墓道上种上树木，几年后树木长得枝繁茂盛，树根盘根交错就再也看不出墓道原来的样子了。"

"用我们古人的智慧对付一下洋鬼子应该够用了。"

CHAPTER 11

箱根温泉

> 出路出路，走出去了，总是会有路；
> 困难困难，困在屋里，就是难。

李一鸣他们在荷兰靠着欧洲各国法律的差异求得一丝生存空间暂且不提，我们把视线重新拉回上海，看看郭小光和莫思文在干吗？

前面提到他们两位在弄堂里卖了一包纯光碟后来到"时光倒流"咖啡馆遇到了李一鸣女友唐纤云，接过唐纤云给他们的一封李一鸣的来信，李一鸣在信中给他们报了平安，又把在荷兰经历的事情简单地介绍了一下，说也结识了一些朋友，他们在继续走钢丝（俚语：在法律边缘行走）。

大家手里的底牌都很清楚，不走钢丝能干吗呢？要学历没学历，要技术没技术，唯一熟悉和擅长的就是从小弄堂里听老官司们吹过的牛，以及自己依葫芦画瓢做的那些走钢丝的勾当，应了一直挂嘴边的一句话："枪声不响，脚步不停。枪声一响，爷娘白养。"

所以，郭小光决定这段时间多扒点分（俚语：多赚点钱），准备去日本混混看。

郭小光最近也认识了一个女的，人称"小垃三"（俚语：生活作风不正经的女流氓），这个小垃三虽然年纪不大，20岁出头，但长得风情万种，小垃三标配的桃花眼、大波浪，上围更是波涛汹涌，如果搭配那个年代极少女人需要鼓起勇气才敢穿着的低胸吊带裙，简直呼之欲出，绝对吸睛，令人窒息。

郭小光和小垃三组合拍档，骗差头司机的钞票。每天下午做一两次，指标是每天一千元，再加上每天下班时段卖光碟也是指标最少一千元，这样每天大家分到手至少要有一千元，一个月下来三万元。这样去日本乱七八糟的费用加上自己的吃用开销，半年不到就筹得差不多了。

每天下午1点钟左右，郭小光和小垃三会出现在比较偏远的老旧小区门口，比如他们在老闸北的彭浦新村某小区门口，看到一辆出租车，招手上车。

"先生、小姐，请问去哪里？"

"我们去长宁区古北路那里的天山五村。"

"好的。"司机一听这趟可是长差啊！过去至少一百五十元，如果是十几元的起步费要做十次这种生意，所以这种生意差头司机是最开心的。

一路上郭小光和小垃三讨论着新婚装修房子的事情，用什么墙纸，装什么地板，厨房要做整体的，浴缸就不要了，还是就搞个淋浴房，等等。

"师傅我开窗咯，抽根香烟可以哇？"

"可以，可以。"

"师傅侬也抽一根。"郭小光一边说一边递烟给差头司机。

"不要了，不要了。"司机故作推诿。

"师傅，烟酒不分家，不要嘎客气，点起来。"

男人之间一旦一起抽上烟就莫名地熟络起来了，差头司机也会一起讨论起自己装修房子的一些经验。

交谈中差头司机得知，这对年轻男女是在彭浦新村刚刚买了房子，装修准备结婚的。这次去天山五村是到人家介绍的一个朋友家里拿一批装修用的墙纸。

最令人开心的事情是，拿好墙纸还要回彭浦新村，差头司机暗自一算来回至少

三百元,这要是一次次做起步费生意可得三十次啊!

转眼车来到天山五村一幢楼下。

"师傅侬和我老婆楼下等我一下,我去看看墙纸,如果东西好就买了。"

"好额,好额,我把计价机关特了,你慢慢挑好了。"

"谢谢啦!"郭小光说完就上楼了。

只见郭小光跑到5楼,在楼道里抽了三根烟,再笃悠悠地下楼。

"老公墙纸怎么样?"小垃三故意问郭小光。

"墙纸还蛮好额,就是价格贵点,比我预算贵了五百元。"

"老公,只要质量和花色好看,贵五百元就五百元吧。我们嘎远路跑一趟也不容易。"

"不是,关键是我这次身上钞票没有带够,差了五百元。"郭小光有点无奈地说。

郭小光转身对差头司机继续无奈地说:"师傅我钱没有带够,墙纸买不成了,侬走吧,我们自己坐公交车回去了。"

"老公,就差五百元嘛问师傅看看有没有,让师傅借一借,我们回彭浦新村窝里厢马上还给师傅好了。不然下次还是要叫车子运的,再跑一趟浪费辰光,浪费钞票。"

这时差头司机一般都会说:"我这里有,你先拿去,反正我还是要拉你们回家的,到家再还我一样的。"

为什么郭小光会只骗五百元呢?因为郭小光知道,一般出租车司机每天身上必须准备五百元至八百元,这些钱需要加油、找零,万一补个胎、修个车什么的,也用得上。一般到了下午司机也肯定赚了一个上午的钱了,所以要五百元是最保险的。

等差头司机给了郭小光五百元后,郭小光就会再次递烟给司机师傅:"师傅侬帮帮忙,东西蛮多额,我一个人要跑几趟了,侬好人做到底,帮我一起跑一次,搬点下来,

Chapter 11　箱根温泉

日本箱根

阿拉也好早点回去。"

"好的，没有问题。"差头司机爽快地答应了。

"老婆侬也和我一起上去拿。"

"师傅。在502室，我和我老婆先上去搬了。"

郭小光说完拉着小垃三的手进了楼，在楼门口的时候对着差头司机还不忘提醒一句："师傅，玻璃窗不要忘记关特，还有车子锁掉哦！"

郭小光说完进了楼，这时他和小垃三没有直接往楼上跑，而是一猫腰躲在楼梯下。

郭小光专门挑选了这种老式房子，进楼洞右转即是楼梯，一般1楼的住户会在楼梯下放自行车和堆放一些没有用的杂物。郭小光就是利用这个楼的特点，躲在了楼梯下。

差头司机哪里会想那么多，等他关了车窗锁了车门后进入楼洞直接就往楼上走了，等他走到差不多3楼的时候，郭小光和小垃三轻手轻脚地走出楼，一溜烟跑到小区大门口继续招手一辆出租车赶往彭浦新村，一路上又开始故技重施。

等那个差头司机跑到502室敲门后如果有人，可能会马上反应过来，如果没有人可能稀里糊涂再敲其他房间门，等他反应过来，郭小光和小垃三早就在几千米外了，并且正在车上和新差头司机又是递烟又是拉家常聊装修了。

当年这种出租车司机法律意识淡薄，去报警的人不多，觉得什么证据都没有，路上呢也没有那么多探头（俚语：监控摄像头），警察要破案也困难，所以差头司机一般自认倒霉不会报警。再说就五百元说多不多，说少还真的少，当年上海的法律规定要两千元才入刑，一般这种金额哪怕抓到也是拘留几天就放了，倒霉的就是会被送去劳教。劳教可能就是一两年，反正最多三年，所以犯这种案子的人被抓住一般会主动坦白自己的其他事情，只要认定两千元以上就判刑，那这种判刑也就是六个月到十个月的官司。

莫思文除了和郭小光搭档卖光碟，他不知道从哪里搞到冒牌的力士洗发水、飘柔洗发水，只要几块钱的成本，到小区门口摆个摊位，说是仓库清仓物品，比超市便宜一半的价格，以十几元的价格售卖，阿姨妈妈们哪里搞得清楚真假，一买就是好几瓶。另外，莫思文很会搞零售促销，比如一瓶二十元，两瓶二十五元，三瓶三十元，嚷嚷着什么跳楼价，挥泪大甩卖之类的话！

这种场景20世纪很多小区门口应该都有看到过吧。

就这样，居然每天也有一千多元的摇账（俚语：赚钱）。

果然莫思文和郭小光两人没到半年就凑够钱办好了去日本的一切事宜，准备前往日本淘金。

临走前，他和李一鸣电话沟通了一下，把时光倒流咖啡馆转让了出去。

李一鸣让他们先拿着转让费，去日本要用钱的地方还很多，等以后大家回上海再结算。

能用金钱解决的问题，就别用人情。

能用汗水解决的问题，就别用泪水。

郭小光和莫思文肯定不知道这两句话是谁说的，但这两句话的意思是心里有数额。

飞机缓缓地降落在日本某国际机场，郭小光和莫思文二人从机场出来坐上一辆机场大巴，不到一个小时就到了中央车站，二人下了车。

二人为什么选中在中央车站开始混呢？这是因为受了当年功夫明星成龙（Jackie

Chan）大哥拍的电影《XS事件》的影响，觉得这里比较混乱，中国人也多，应该好混一点。混混的思路和正常人不一样，正常人喜欢去那种比较太平安全的地方，混混考虑的则是哪里混乱哪里就有生存空间。

下车后，二人觉得特别迷茫，东看看，西看看，最后决定先往南走，于是就沿路拉着行李箱往前走着，看到周围都是高楼大厦，路上行人脚步匆匆，于是在前面一幢百货大楼门口停了下来，这家百货大楼上有个汉字"高"，后来知道这是GDW百货公司。楼下有家面馆，他们走进去，用生硬的英语加手势点了两碗拉面。

"我去！这面哪能嘎好吃额！如果去上海开一家，肯定生意好得不得了！"郭小光吃得连汤都没有剩下一滴后喃喃自语道。

殊不知几年后有一家叫味千拉面的面馆在中国开了第一家后，发展了八百多家门店，年销售额达二十多亿元。

他们吃完面后来到一家商务型酒店办理了入住手续。这家酒店房间不大，但里面设施齐全，什么微波炉、洗衣机等都配备好了，二人洗了澡，换了干净的衣服就出门兜兜马路、领领行情。

拿着酒店前台的地图，他们往东步行前往传说中全世界最有名的红灯区"歌舞伎町"，穿过几条都是饭店和酒吧的街道，来到一条很宽的马路上，看到对面挂着很大的招牌"歌舞伎町一番街"，进入"歌舞伎町"，招牌上很多都是能看明白的汉字，什么"风俗店""成人用品店""KTV与夜总会"，以及各种"洗浴桑拿店"等，整个街区弥漫着情欲。

二人从一丁目兜到二丁目又兜回一丁目，那些看舞蹈表演的店门口有一些人在拉客，二人觉得价格还行就进去看了一会儿，走进去是一个类似时装表演的舞台，客人

Chapter 11　箱根温泉

日本箱根街头

围着T台坐着,由舞蹈演员穿着各种衣服在台上表演。

郭小光和莫思文以前只是从录像带和DVD上看过,今天看到近在咫尺的女演员搔首弄姿,看得二人血脉偾张。

后来看得多了也就这样了,二人出了成人秀场已经是半夜,歌舞伎町街面上依旧人潮汹涌、热闹非凡。

虽然这里表面上热热闹闹、歌舞升平,但二人知道,那么多色情场所中形形色色的人混在一起,在阴暗角落里肯定暗潮汹涌。正如金庸老爷子说的,有人的地方就有江湖。

往前又毫无目的地走了一会儿,二人看到一家餐厅,是什么海鲜渔场,于是就进去点了一些刺身和烤的海鲜,又叫了几扎啤酒,边吃边聊天。

"洋葱头阿拉兜了半天了,侬有什么打算哇?"

"我现在两眼一抹黑,先玩几天轧轧苗头再说吧(俚语:看看再说或者领领行情再说)!"

"是额,我刚刚也在想先不要急,等等再说,让我去洗碗、背死人,我宁可去拦路抢劫的!"

"哈哈哈,弥勒佛,我们还没有到这一步,先去语言学校吧,不然也没法交流呀,不管以后做啥额生意至少语言这关要过,对哇。"

"对额,对额。"莫思文表示认同。

就这样二人白天去语言学校上课,上完课就到处瞎溜达。

一晃三个月过去了。

郭小光和莫思文因为语言环境加上本来就聪明所以语言方面进步飞快,从开始只会说"米西米西""八格牙路""撒由那拉"到现在已经能和日本人进行简单交流了。

不过二人带过去的钱也用得差不多了,酒店早就不住了,搬出去在靠近涩谷附近租了一间小房子。

二人还是白天去上课,空余时间到处瞎逛。

"弥勒佛,我们再这样下去坚持不了多久了,坐吃山空啊。"

"我也是天天为这个事情着急。如果现在回上海,阿拉在日本一分没有赚到,坍台(俚语:丢人)额呀。"

"是额呀,在这里三个月了,这里中国人做额生活大多数是东北人在做,不过他们这种拉皮条额生活说实在话我也看不上。"

莫思文摇着头说:"嗯嗯,没错,再说我们两个人势单力薄,也没办法去抢人家额饭碗。"

"那怎么办啊?难道真的要去拦路抢劫?"郭小光低着头说道。

莫思文苦笑着回道:"人家日本人都是用信用卡额,你拦路抢劫能抢多少啊!还是想想其他路子吧。"

郭小光小眼睛一转:"其实也不是不能抢劫,要换种方式抢。"

"什么方式?侬快讲!"

"我们可以……"

"好!这个办法蛮好额!明天就开始行动,册那!等着饿死还不如放手一搏!"

第二天早上 6 点。

二人来到了上野公园附近的一片居民区,戴着棒球帽遮住大半张脸,穿着运动衣和球鞋,路人看着以为是小区里出来跑步的人。

二人看着门口妻子和丈夫道别的一幕幕，观察着这些人的家庭人员结构，关键是家里有没有老人或者小孩，不多时他们瞄准了一户人家，老公看着有40岁左右，文质彬彬的样子，看似公司职员，老婆有30多岁，家庭主妇，猜想要么丁克没有孩子，要么孩子是住校的，反正家里除了夫妻二人没有别的人。

"那就是这家了，洋葱头侬看怎么样？"

"OK，我觉得可以。"

"那我们先回家睡一觉，养足精神，晚上再来。"莫思文说。

晚上9点15分。

一个40岁左右文质彬彬的日本男人缓步走到自己家门口，按了一下门铃，只见他背后有两条人影悄悄地靠近他。

不一会儿门开了，一个女人鞠躬迎接着男人回家，刚刚递上一双棉拖鞋的时候，男人身后忽然蹿过来两个人，一个大个子男人勒住男人脖子并且用刀抵住男人咽喉，还有一个小个子也用一把明晃晃的刀抵住女人的胸口，用僵硬的日本话示意他们不要发声，如果发声刀就捅进他们的身体了。

男人和女人已经被吓得脸色刷白，不知道怎么办了，任由他们二人摆布。

郭小光把男人和女人的手脚用塑料扎带捆绑住，然后对他们说出了目的。

"对不起，用这种粗鲁的手段和你谈话，我们来这里好几个月了，一直没有找到合适的工作，身上已经没有钱了，没有吃的，更付不起房租，所以只能用这种方式让我们活下去了，我们需要二百万日元度过现在的困难时期，二百万日元对你们可能就是一两个月的工资，对于我们来说就是能够活下去的救命钱，你们明白吗？"

"明白，明白，我们明白！"

"我们也是出于无奈才这样做的,真的是不好意思得罪你们了,我们不想伤害你们,我们只要这一点点的钱。"

男人急忙说:"但是我家里没有那么多钱,不过我可以去银行自动取款机上取来给你们。"

"好的,不管你们谁去银行自动取款机上取钱,另外一个人就在家里和我同伴一起等着,我会远远地跟着你,看着你去拿钱,在路上不准使用电话,电话得放我这里,如果你在路上和别人说话或者做出让我觉得可能是报警或者是求救的样子,我会立刻用你的电话通知我的同伴杀死在家里的那个人,所以你们考虑一下谁去取钱,谁留在家里等待。"

男人毫不犹豫地说:"我去取钱。"说完转头看着他妻子说:"请相信我很快会处理好的,他们只是要钱。"

郭小光解开了刚刚捆在男人手和脚上的塑料扎带,拿着男人的手机打了一个他们家里的电话(试试电话是否畅通),然后说:"我同伴就在电话机旁等我,我现在只要重拨就可以了,所以你千万不要用你太太的生命开玩笑,我们的命不值钱,本来也是快要饿死的人了,你们的生命要不要和我们的生命赌博就随便你了。"

"放心吧先生,我不会拿自己的生命开玩笑的,我会尽快拿到钱的。"

"好的,那我们走吧。"

出了门,郭小光和这个男人保持十米远的距离,跟着他走在路上,男人来到一家银行的自动取款机前,不一会儿就取完钱,示意郭小光可以回家了。

郭小光用眼神示意他先回家,不一会儿二人回到了家。

男人把钱交给了郭小光。

远眺富士山

莫思文也解开了女人的塑料扎带，女人还是满脸惊恐地抓着她丈夫的手臂微微颤抖着。

郭小光对他们说："你们很守承诺，我们也很讲信用，今晚打扰二位了，那我们走了，再见。"

"好的，再见！"男人和女人鞠躬和郭小光、莫思文道别。

"对了手机还给你，不好意思我把电池刚刚丢在你们家门口了，你们等我们离开五分钟后再出门捡电池，我再顺便把你们家电话也带到屋外吧，过会儿你们一起出来拿。"

"好的，好的，没关系。"

"还有一件事情，你们最好不要报警，当然报警也没关系，如果我们从媒体上知道你们报警了，那我们其他同伙还会继续来找你们麻烦的，你们人不错，我也不想你们惹麻烦，再见。"

说完二人扭头就走了。

回到涩谷的出租屋。

莫思文问郭小光："你看他们家境不错，为什么不多要一点的？"

"做这种事体不能贪心，一贪心可能就容易闯祸，如果硬要拿一笔巨额也可以，但万一有人舍不得怎么办，这样就会有太多不确定因素了。"

"有道理额。"

"我们这一次就有差不多十几万元人民币了，这点钱对他们来说有点肉痛，但不会伤筋动骨，他们不值得为了这点钱来用生命冒险，并且我一再表示我们很穷，烂命一条，他们更不会用他们的命来和我们等价交换了，所以这点钱应该是正正好好的。"

"嗯嗯，这种敲诈勒索生活很方便，我们每天都可以做一次也不吃力。"

"是的，不过我觉得我们要到处作案了，一个地方不能连续作案，不然容易引起

老派额的注意。"

"好的,洋葱头这次侬拿注意吧,我觉得一个星期做一次应该要的,东京还能做几个月,然后我们换地方怎么样?"

"哈哈可以额,就这么定了!"

殊不知与此同时在香港有个外号叫大富豪的世纪贼王张子强,一直从事着和他们差不多的事情,不过在1998年12月5日被广东省高级人民法院执行了枪决。张子强案子做得比较大,得罪的人也比较牛,后来电影里演绎的谈判套路和郭小光、莫思文他们也是不谋而合,利用了光脚不怕穿鞋的这种心理,在合理的金额范围内绑架敲诈被害人。

三个月后,箱根。

箱根到处翠峰环拱,溪流潺潺,温泉景色十分秀丽。

郭小光和莫思文二人坐在不停涌动的温泉水里,享受着山野的清新空气,感受着雪花点点吹落肩上的清凉,悠闲地观看远近山林和街上踽踽独行的人。

泡完温泉,二人移步一间草堂茶室。

茶室内摆放着浮世绘图样的工艺品和颇具地方色彩的人偶。地面铺着洁净的榻榻米,散发出草制品特有的清香。宽敞明亮的窗前摆着一张精巧的小茶几,放着坐垫,可供两人相对品茗,窗外则绿叶掩映、翠峰环拱、溪流潺潺,景色十分优美。碧波粼粼的芦湖湖水清澈湛蓝。远眺终年积雪的富士山,淡青色湖水中倒映出富士山被称为"白扇倒悬东海天"的景象,这是因为富士山的形状酷似倒悬的白扇。

二人身处在这两千年来烟雾不绝的火山半腰,此地终日白烟缭绕,如白云出岫一般。

管家奉送了两份宇治抹茶及精美的和果子,行完礼退出茶室。

"我说洋葱头啊！这三个月我们扣除吃用开销，账上有差不多人民币八十多万元了，现在回到上海也已经是大户了呀，哈哈哈！现在还对人家哭穷，说我们要饿死了什么的，我有点儿演不下去了。"

郭小光急忙说："弥勒佛，侬不要骨头轻，哭穷是为了告诉他们我们烂命一条，让他们有优越感，破财消灾，不要和我们硬来，如果人家真的拼命，我们难道真的捅死他们啊？"

"我现在倒有种不安的感觉，我们现在一个礼拜做一次，有点儿太频繁了，肯定有人会报案额，弄不好日本老派已经开始在破案子了。"

"那怎么办？难道不做了？"

"不做是不可能额，不做这个生活我们能做什么？反正我暂时还想不出。"

"我是想首先我们要懂得节制，不能嘎频繁，我认为两个礼拜做一次最多了，并且一个地方只能做一次，再就是在踩点探路额过程中光戴帽子还是不行，最好再化化装，买点假头发，还有各种制服，不要一直运动装，容易被蹲点额便衣铆牢（俚语：盯住）"

"嗯嗯，侬讲了对额。"莫思文点头说道。

"我们现在好好地享受生活呀，赚够了回上海，还是老家好啊。"郭小光喃喃地说道。

"洋葱头，侬饿了哇？我怎么有点饿了，去吃饭哇？我刚刚和管家说了，晚上帮我们准备这家酒店的特色怀石料理。"

"好！吃饭去。"郭小光伸了个懒腰起身。

勿以善小而不为，勿以恶小而为之。

贪恋钱财会让人迷失本心，人因贪婪而付出的代价往往也是巨大的。

人生路上，我们要清醒地决定进退，要慎重地选择舍取，明白自己的人生，驾驭好人生的方向，不要让心迷路，不要让自己陷入世俗欲念的旋涡。

希望你看过各种景色的双眸依旧清澈明亮！

偶尔幽生活一默你会觉得很爽,但生活幽你一默就惨了……

1999年12月31日,23点55分。

上海淮海中路,时代广场门口。

千禧年是一个难得的年份,每隔一千年才出现一次,能见证千禧年出现的人是十分幸运的,人们也将这一年看作吉祥美好的一年。

但是往往事与愿违。

千禧之年之际李一鸣、郭小光和莫思文各自说好了从国外回国团聚。

李一鸣是去年通过戴维斯找的关系,在希腊花钱搞了个难民身份,又花了点儿钱在匈牙利办了蓝卡(美国的永居证曾经是绿色的故叫绿卡,匈牙利的永居证是蓝色的故当地华人称为蓝卡),现在的李一鸣有了另外一个全新的名字叫阿提拉,不过这只是为了出入境用,大家平时还是叫他李一鸣。

这次千禧年李一鸣和林子衿、何倾力、钱征、陈卫东等兄弟一道回国过年,看望各自分别三年多的亲人们。

飞机降落在刚刚建成的浦东国际机场,作为东道主的李一鸣热情地邀请大家在上海待几天,跨完千禧年再回老家过农历新年。

李一鸣为大家互相介绍了一番。都是意气相投的同道中人,不一会儿大家就熟络起来了。

在富临皇宫酒店吃好晚饭,转场至对面华亭伊势丹楼上的夜巴黎夜总会喝酒聊天,等着跨千禧年,时间差不多了,大家下楼散步至时代广场门口,路上已经人山人海,都是年轻人聚集在一起,告别1999年的最后一记钟声,迎接21世纪的美好开始。

两天后众人各自回老家,约定好过了正月十五大家在上海碰头,再玩儿几天后,该去荷兰的去荷兰,该去日本的去日本。

两个月一转眼过去了。

刚刚过完元宵节的第二天下午。

李一鸣从家里出来准备去郭小光家,刚刚下楼,只听见背后有人叫:"李一鸣!"

"哎",李一鸣本能地回了一声,刚刚准备回头看看是谁。

突然被几只手牢牢地抓住。

"侬是李一鸣对哇?阿拉是徐家汇警所额,到警所有点事情需要问侬,希望侬配合。"

李一鸣一下子愣住了,脑子飞快地转着有什么事情爆特(俚语:事情败露)了。

还没有回过神来,一副手铐已经戴在李一鸣手腕上了,一共四个便衣把李一鸣夹在中间带到路口,一辆昌河警车驶到众人面前,警察把李一鸣押上了车。

"晓得阿拉寻侬啥额事体哇?"

"不晓得。"

"那侬好好想想自己做了啥事体。"

李一鸣被关在一个铁栅栏房间里,房间里还有一个人被手铐反铐在椅子上,警察把李一鸣关进这个房间后对门口一个联防队员说让他看好这两个人。

大约过了两个小时后,警察承办员继续提审李一鸣。

"现在想起来自己做了啥事体了哇?"

"我真的不晓得自己做了什么事体让你们兴师动众地来抓我,打个电话嘛我自己来了呀。"

"呵呵,在阿拉这里让人开口有两种情况:一种叫'自来水龙头式',进来后老老实实拿事体讲清爽,伊爽气,我做事体也爽气,能帮忙尽量帮忙,案子轻点重点都在我这支笔上,最后做结案的时候我该放码头(俚语:放一条路走)肯定是放码头额;还有一种叫'挤牙膏式',我提醒一点,伊讲一点,还要避重就轻,这种人还要让我五斤吼六斤额(俚语:费力气)搞伊路子(俚语:这里暗指刑讯逼供),那伊让我生活难做,我也是要弄弄伊额,人家大事化小,伊肯定是小事做做大额,侬选择哪种方式自己想好!"

旁边另外一个承办警察插话进来说:"到了这里我还没有遇到过不开口额人,侬做额事体不是一个人做额晓得哇,一个人铁门,两个人木门,三个人是属于敞开大门,侬嘎许多人看到,还以为自己是不锈钢门啊,阿拉老早清爽了,今朝抓侬进来是有把握额,所以来抓侬,不然阿拉不抓张三、不抓李四,就抓侬做啥?"

"侬不要让弄了阿拉光火后,一顿路子搞好再开口,大家吃力来要死做啥呢,对哇?"

"对额呀,本来就是小事情,侬讲清楚没有事体就回去,阿拉也早点下班了。"

"二位警察阿叔,你们讲额话我都懂额,但我实在想不起来啥事体了,好给我点提示哇?"

"我就给你一点提示,接下来看侬表现,不要相信什么坦白从宽,牢底坐穿,抗拒从严,回去过年这种闲话,再讲年刚刚过好,侬这种是朝天官司(俚语:明面上清清楚楚的案子),看到额人嘎许多,都是证人,侬要拎得清,梁世斌这个人认识哇?"

接着警察把梁世斌的口供从文件夹中抽了出来，在李一鸣眼前晃了一晃，让李一鸣看到了梁世斌的名字。

"人家报案后，阿拉抓了伊两年了，进来讲清楚了，教育一顿刚刚放伊回去了，侬抢跑道额（俚语：抢着坦白，争取从宽处理）辰光到了，不要戆噱噱（俚语：傻乎乎）自己做冲头（俚语：鲁莽、脑子简单的人冲在第一个，吃亏挨斩的人）。"

这时李一鸣知道，该来的还是来了，就是帮梁世斌要债的事情，所以也没有什么好隐瞒的，就原原本本地把事情经过说了一遍。关于郭小光和莫思文，李一鸣说："这两个人不熟，因为一直来喝咖啡，所以认识，只知道他们的外号叫洋葱头和弥勒佛，那天他们也听到梁世斌叫我帮忙去要债就一起去了，后来咖啡馆关门了，就再也没有看到过。再说这几年我在国外打工，刚刚回上海，梁世斌也没碰到过。"

"侬这个事情本来也不大，小事情，就是你们最后拿人家两千元做啥呢？算了！处理还是要处理的，进去关几天吧。"

当时的李一鸣以为就是进去拘留几天，想想大不了就是十五天吧，没多想就在口供上签字了。

车子从警所出来后到徐汇公安分局，警察去办理了一下手续后，开车来到了徐汇看守所。

李一鸣脑中对比了一下阿姆斯特丹的监狱和上海的看守所，从外观上区别在于同样是大楼房子，阿姆斯特丹的监狱像小区公寓楼，徐汇看守所像厂房。

进去的交接手续办好后，警察让李一鸣在一张刑拘单上签字，罪名是抢劫。

李一鸣问了一句："怎么没关多少时间的？"

"过几天我们再来找你了。"

对法律一窍不通的李一鸣还是点头签字了。

有两个犯人帮看守所警察检查李一鸣的衣服和身体,用一把钳子去除了衣服裤子上所有的扣子和拉链头,然后一个警察让李一鸣双手抱头带着他来到了一间房间门口,打开房间让他进去了。

房间有十几平方米,里面背对着李一鸣坐在地板上的有四排人,每排五个人,加上前面靠墙的有两个人,躺着睡觉的有两个人,那么小的地方关押了有二十四个人。

二十四个人在李一鸣进房间的一瞬间,头齐刷刷地朝向他,二十四双眼睛盯着他看。李一鸣被他们看得心里有点儿发毛,那些人可能是很久没有晒过太阳的缘故,脸色有点儿灰白,好多人都还剃了光头,在昏暗的灯光下显得有些恐怖。

"新来的,上来,到前三块板这里坐好。"

李一鸣忐忑不安地走了上去,心里面想那么多人如果搞我路子,我打不过也要咬他们一块肉下来,不然以后的日子没法过了。

"哪里人?"坐在最前面的靠墙的一个人问道。

看样子这个人应该是这个房间的老大。

"上海人。"

"上海啥地方额?"

"长宁区额。"

"我也是长宁区额,侬不要吓,现在这里是吃文明官司额,搞路子一套已经没有了,除非侬头皮撬(俚语:不听话,捣蛋),一般不会碰侬额,侬什么事体进来额?"

李一鸣把帮人要债的经过简单说了一遍。

"那侬这个官司不小的,持刀入室抢劫十年起步。"

"不会吧!"李一鸣顿时傻掉了。

"这本《中华人民共和国刑法》侬看看,还有这本《中华人民共和国刑事诉讼法》

也看看吧。"

"小耳朵过来，和他说说这里的规矩。"

"我来和你说说这里的监规，到了这里不能乱说乱动，拉屎撒尿都要喊报告，在这里吃饭强盗式，小便阿姨式。"

"什么强盗式、阿姨式？"

"听好，强盗式就是吃饭要快，像抢来吃的一样，这里是吃官司，不是吃酒水晓得哇？阿姨式是拉屎撒尿全部蹲着，一边拉一边冲水不要让臭味飘过来。"

"好的，明白了。"

"还有这里睡觉是冰冻带鱼式，特别是新来的每个人都是一样过来的，侧着身体笔笔直一个一个抱头抱脚交替睡，除非侬混得好睡在前面几块板上可以随便躺着翻筋斗。"

说到这里那个老大开口说："都是本地人，和我一个区的，让伊睡二档靠墙吸壁。"

"看到哇，阿拉排头（俚语：牢头）照顾侬，给侬吸壁靠墙位置，侬晚上睡觉可以开个油爆虾。"

"什么叫开油爆虾？"

"就是虾遇到热油身体一下子佝起来，这个位置是二档最好的了，侬晚上脸可以朝墙，身体可以蜷起来睡觉了。"

李一鸣充满感谢地看了那个排头一眼。

"侬继续听好，警官叫侬，侬要马上回答'到！'叫侬番号也要马上回答'到！'现在这个番号就是侬额名字一样，遇到提审，双手抱头走在警官前面，和警官说完话，要说'谢谢警官教育！'，这点都很重要，晓得了哇？最后是监规，侬三天里面要全部背出来，这块板上一个字都不能漏，背不出取消所有娱乐活动，谁也不能和侬说话。"

说完这个叫小耳朵的人递给李一鸣一张硬纸板，上面贴着九条上海市看守所监规。

晚上到了九点准时睡觉了，夜里有两个选出来的人犯值班，叫作夜值班。他们负责看管睡觉时的人犯有什么不良举动，比如故意伤害他人，自伤自残的，还有可能自杀的，或者制作使用违禁品的等。

早上不到6点一声铃响，所有人都起床把地板上的垫被和盖被收拾干净，整整齐齐叠放在监房上方的一个架子上，有次序地两个两个地到门口的水池边上刷牙洗脸，所有的动作很快结束，就像经过训练一样有序。

一个管牙刷毛巾的人犯给了李一鸣一把牙刷和一条毛巾，走到水池边上有人拿着一管牙膏为每个人挤一点在牙刷上。

只要有人的地方就有阶层。

在这种地方，混得好的和混得不好的用的牙膏也有区别，睡在前面几块板的人犯和那个管挤牙膏的人都是给用什么黑人牙膏、狮王牙膏、高露洁牙膏等贵的，如果是在最后一块板那些冰冻带鱼式睡觉的人只是给什么防酸牙膏这种普通便宜的，晚上洗澡时用的香皂也是如此。从种种细节上来区分各自在这个空间的地位与特殊化。

吃早饭的时候所有人都靠在墙两边，饭是一个个不锈钢格子蒸的米饭，然后分饭的劳动（已经判刑，刑期一年内的犯人，留在看守所坐完余刑的犯人）用手抓一把萝卜干或者酱瓜撒在饭格子里。由负责分饭的人犯略微分一下，再一个一个从杠子门外拿进来，按顺序往里面传递，第一份肯定是排头的，然后再按里面睡觉的位置一份一份地推到每个人手里，到最后的人犯可能饭格子里只有一两根萝卜干，他如果没法下咽，就要用平时吃方便面省下的调料包拌着吃。那方便面呢，就是他平时放口袋里挤碎了当零食吃的，在那种环境下，这种方便面吃法叫"干挑"，吃起来是很香的。方便面里的油包更是好东西，吃晚饭的时候可以拌着蔬菜吃，来增加香味与口感。

李一鸣记得以前小爷叔和自己提到过，在看守所里刚刚进去要推饭格子的事情，所谓的"三清六扁担"，这是显示作为一个新人的规矩，如果不懂规矩会被里面的人看不起的。

"三清六扁担"就是你刚刚从外面吃香的喝辣的进来，需要照顾一下里面那些挨饿的狱中兄弟，"三清"就是三天不吃饭，清即清爽的饭格子，"六扁担"即后面六天只吃一半的米饭，把米饭分出一半，那个长条形的饭格子里面的饭就变得更细长了，像一根扁担的样子，结合三天清格子故称"三清六扁担"，所需只要一个动作就是把饭菜往排头那里推上去。

李一鸣按照小爷叔和自己说的也把饭格子往前一推。

排头看到后笑着说："新来的也是老官司嘛，我们这里现在是吃文明官司了，不需要推饭格子额，大家吃自门官司就可以了。"说完把饭格子推回给李一鸣。

人类成为这个世界的主宰是运用了大脑，开发了双手，在这里李一鸣充分领教了这点，在没有剃须刀的情况下，人可以用一根线来拔胡须，就像电影里大姑娘出嫁前开面一样，没有玻璃镜子，可以用一张方便面包装纸的铝箔银光的那面，绑紧后用线扎紧在一个塑料杯子上，可以当一面小圆镜使用，最厉害的是用铝管牙膏的铝皮反复折叠反复打磨，最后能制作成一个灵巧的挖耳勺，这些手工艺品让李一鸣惊叹不已。

第二天的中午还没有开饭，里面的人犯都说今天吃的是"潜水艇"。李一鸣拿到饭用勺子拨开上面一点水煮白菜，往下一挖就知道什么叫"潜水艇"了，原来饭下面

和米一起蒸的是一块咸肉。后来李一鸣回忆，觉得看守所里最好吃的一餐就是这道"潜水艇"了。

晚饭就是纯蔬菜，所以刚刚提到的方便面油包就特别有用了，和蔬菜一拌，个个吃得有滋有味儿的。

里面的人犯平时在监室里就是朝着门对面的铁杠子开排头，也就是一排排坐着想自己的问题，由房间排头负责次序，发生问题时，排头先呵斥，如果呵斥无效他身边的几个人一拥而上拍一下头，扇一个耳光恐吓一下，如果还没有用就只能汇报警官，由警官拉出去搞路子，杀一儆百，或者上约束带、脚镣等，还会拷在前排的铁杠子上，连续铐几天几夜，拉屎撒尿、吃饭都不放下来，需要人帮忙，等三天后放下来手脚可能都水肿了，所以这种自讨苦吃大官司套小官司的事情很少有人敢去尝试。

进看守所后第二天，分管监室的警官就会找新进人犯谈心。

"我是你房间的警官，我需要你现在知道四件事情。"

"第一，我们无冤无仇，以前抓你的人不是我，以后判你的人也不是我，我只是在这里暂时看管你一下，所以你不要在我的监室内闹事，给我添麻烦，如果你给我添麻烦、挑战我的话，我会让你在这里大官司套小官司，度日如年，你听明白了哇？"

"管教，我有数了。"

"蛮好，大家上海人都拎得清额。第二，你想早点出去不是没有办法，我也可以帮你，你外面有什么事情，点只炮仗（俚语：检举揭发他人）我帮你办理立功，如果点个杀人案子，就你这点事，我保证你立刻放票回去。"

管教看了一眼李一鸣，见其没有反应继续说。

"第三，需要请律师什么的也可以告诉我，我这块还是比较熟悉的，我来帮你介绍一个好的律师，如果不请律师呢也没有关系，反正最后法律援助也会指派律师给你的。"

"关于律师可能我家里会帮我安排额，具体怎么样我现在也做不了主。"

"那好吧，这个侬自己考虑。第四，监室里如果听到、看到什么不正常的事情，我希望侬拎得清点，主动和我汇报。"

李一鸣点头称是。

接下来警官讯问了李一鸣的家庭情况及案子细节，就让李一鸣回监室了。

第二天李一鸣就背出了监规，也和同房间的人熟悉起来了，不过他一直看的都是那两本《中华人民共和国刑法》和《中华人民共和国刑事诉讼法》，感觉要从里面看出"自由"来。

过了几天警所承办人员来提审李一鸣。

"这几天在里面怎么样？想清楚了没有？"

"我想清楚了啊，该说的都告诉你们了。"

"洋葱头和那个叫弥勒佛的人呢？"

"我店关特后就没有碰到过。"

"那这件事情就侬一个人顶特了咯。"

"我现在是砧板上额肉，你们要怎么样就怎么样了，哪怕现在枪毙我，我可以说不来塞（俚语：不行）哇？"

一转眼十个月过去了，经过公安局批捕、结案，移交检察院，拿到起诉书，法院审理、宣判，李一鸣以抢劫罪被判处有期徒刑四年。

李一鸣也从监室新人变成监室排头，没有多久就要押解去真正的监狱劳动改造了。

　　门外来押解李一鸣的警笛声刺耳地响着，李一鸣怎么听都觉得这警笛声发出的是"冤枉、冤枉"的声响。

　　一切的因果都是咎由自取！

　　正所谓天道好轮回，苍天饶过谁，万般皆是命，半点不由人。

CHAPTER 13

孤独过后便是成长

> 人最大的动力，除了兴趣，就是耻辱。

外青松路，新收犯监狱。

各看守所除了要执行死刑的犯人外，其他所有已决犯人，包括被判死缓的，都要被押解至新收犯监狱进行监规、思想等一系列的集训，这也是所有犯人以后漫长刑期前的一个适应过程。

高高的围墙布满电网，高墙上每个转角处都设有炮楼，武警站在炮楼上握着手中的枪来回踱步巡视着内墙，内墙就像古代城楼的瓮城一样，犯人若敢翻越第一道内墙进入瓮城一般的过道，炮楼上的武警就可对过道里毫无遮挡物的犯人来个瓮中捉鳖。

警车进入大门后又驶过广场和第二道高墙，继续进入二道铁门，门口警察押解着犯人来到一个类似接待大厅的地方，登记、剃头、检查随身物品等一系列过程，再由监狱各大队的警察带至分管中队，然后再编入各小队后分配到各监室。

整个过程铁门一道一道地打开，然后在身后又砰的一声，一道道地关闭。

李一鸣心里想着还要过三年多的时间才能走出这一道道的大门。

房间里有一个监房室长一脸严肃地等着所有人。

监室里一共有上下八张床，一边摆放四张，可以住十六个人，床中间是两张长桌，桌子底下是木质小板凳，房间到底是有两个蹲坑的厕所，对面是一排水池，牙刷、毛巾、脸盆都整整齐齐地摆放在水池上下的隔板上。毛巾挂得一样高低，牙刷、牙膏都是一个方向靠在杯子上，连漱口杯的把儿都是齐刷刷地朝着一个方向。

"你是哪里人？"室长问李一鸣。

"上海人。"

"你睡我对面的那张床。"室长用手一指靠窗的一张床。

李一鸣点头笑了笑，以表示感谢。

等里面的人陆陆续续到齐了，室长让大家都排成一排，看年龄大小和身高，以及长相是讨喜还是厌恶等综合因素又调整了一下里面几个人的床位。

接下来就是登记一些个人情况，然后领取囚服，换好衣服正好吃饭的时间到了，对李一鸣他们来说，他们对迎接他们的第一顿伙食非常地期待，前几个月天天吃看守所里的所谓格子饭已经倒足了胃口，蔬菜基本就是水煮，没有什么油水，荤菜也是以煮熟为主，除了那道经典的"潜水艇"属于蒸菜，其他中华文明浩瀚灿烂的烹饪技艺，什么煎、炸、炒、焖、炖、熘、煨、卤、蒸、灼等，看守所的伙房师傅一样不会，只会煮熟这一招。

令人惊喜的是当天中午大家吃到的是乳腐肉配卷心菜，乳腐肉是用五花肉和玫瑰红豆乳腐加冰糖、酱油先煮后蒸再煨，收浓汤汁，色泽红亮，肥而不腻，软糯鲜香，配上用蒜粒煸香，大火翻炒，清甜爽脆的卷心菜，简直了，真是人间美味啊！

记得小爷叔曾经和大家提过以前吃官司开膘基本上每次都要打破头额，为了一块儿肥肉大家都要用拳头来证明够不够资格吃到，哪怕吃到了当时也只舍得吃瘦肉和皮，中间的那块肥膘可是要用纸包起来的，等晚上夜深人静的时候或者是嘴巴里实在没有滋味的时候，轻轻咬下一点，含在嘴里，让肥膘在口腔里融化，使油脂的香味弥漫整个口腔，那叫一个满口香啊！

众人吃了个风卷残云,连一滴乳腐肉的汤汁都没有剩。吃完还继续回味,沉浸在美食的齿颊留香之中,个个赞不绝口。

这里的菜是炒出来的,肉是烧出来的,睡觉是每人一张床,就中午这一餐让这些头官司(俚语:第一次坐牢的人)充满忐忑的心略微放松了一些。

下午整个监区排队去浴室洗了一把热水澡,回监室后室长继续介绍监狱的规矩,内务卫生的要求,特别是和警官接触时的规则,如迎面遇到要立正,谈话时要蹲下,谈话完要说"谢谢警官教育",等等,并且每星期要写思想汇报。

白天还要去操场训练队列操。

半个月时间,所有犯人路子搞得笔笔挺(俚语:整齐、标准)。

不到一个月,这批犯人就要分流到各监狱了,有提篮桥、青浦、五角场,甚至还有安徽的军天湖、白茅岭,更远的还有去新疆的。

进入劳动改造场所后老犯人提醒新来的犯人,要牢记犯人的三大意识。哪三大意识呢?就是:

"你是什么人?""我是一名在押犯人。"

"这里是什么地方?""这里是监狱。"

"你到这里来干吗的?""我到这里来接受劳动改造。"

这需要每个人时刻提醒自己,不要忘记自己的身份。

李一鸣经过一段在监狱的日子,一边适应一边调整自己的心态,心里就当这次坐牢是一场自我修行吧。想了很多,比如自己变成这个样子的原因,再想想这些年一直忙忙碌碌、东奔西跑的都是为了什么，以及将来回到社会上应该如何去生存，怎么样的一生才是有意义的，等等。

就这样，李一鸣每日除了简单劳役外，就是一个人坐着，类似修禅，回忆曾经的过往，总结人生的得失。

"一切都会过去！"李一鸣用所罗门王戒指上的这句话来时时刻刻提醒自己，让自己时时刻刻记住与领悟，在苦难加身时，默念这句话，不至于绝望；在顺风顺水时，默念这句话，不至于张狂的真正含义。

其间唐纤云来看过李一鸣一次，他正式和唐纤云说分手了。将来李一鸣都不知道自己会怎么样，没有必要拖累唐纤云。再说外面诱惑那么大，所谓的那句"我等你"对于李一鸣来说，毫无意义。

父母每月都会来看自己。父母年龄大了，需要一大早换几次公交车才能赶到在郊区的监狱。二位老人一直希望李一鸣这次受教育后能吸取教训，回家后老老实实地找份工作开始新的生活。

李一鸣回想从小调皮捣蛋始终让父母操心，如今父母年龄大了需要自己去照顾他们了，千万不要应了那句"树欲静而风不止，子欲养而亲不待"的话。这样太对不起父母对自己的爱了。

所以，为了让父母过上好日子，还是要搞钱，安全地搞钱，毕竟普通人的追求还是在追求物质这个层面上。

如果人生是一场修行，普罗大众修身，追求的是物质层面；那些科学家、艺术家修的是心，是追求艺术、科学等领域；而圣人和伟人们修的是灵魂，追求精神与灵魂层面的境界。

作为普通人，活着本来也没有什么特别的意义，不需要做什么惊天动地的大事，

只是想在短暂的一生里过得舒适一点儿,让爱自己和自己爱的人都能过上衣食无忧的生活,简简单单、平平淡淡度过一生就好。

平平淡淡生活的前提就是要搞到能让自己平平淡淡生活的钱。这就是自己一生为之奋斗和追求的目标。

在狱中时间过得很慢,到了2003年4月1日这天发生了一件事,就是李一鸣的偶像香港天王巨星张国荣(Leslie Cheung)从中环文华东方酒店16楼窗口纵身一跃,结束了他精彩的一生。

然后各大报刊、电视铺天盖地地报道,在监狱里的李一鸣也从这些媒体上看到了整个事件的报道及天王巨星一生的经历等。

李一鸣认定那些成功人士并不比自己多努力,只是他们找到了自己正确的轨道,然后又和兴趣匹配,这样不需要花多少努力就能达到成功,正所谓是老天爷赏饭吃。

那自己的天赋是什么呢?

自己的兴趣又是什么呢?

如何找到自己人生正确的轨道且转化成财道呢?

出狱后踏踏实实地找份工作到死也不可能让自己和父母过上衣食无忧的日子,终日忙忙碌碌,还要为五斗米折腰。

回顾了自己最成功的搞钱经历是在国外,现在想想,宁可少赚点儿,也不能贪心,安全第一。自己的特长是熟悉走钢丝(俚语:在法律边缘行走)的所有套路,但出狱后需要多考虑走钢丝时如何保护好自己,做任何事情都需要先砌好防火墙。用《中华人民共和国刑法》来推演自己所做项目的成本,再也不能做帮人讨债这种傻事情了。

李一鸣利用在狱中最后的这段时间制订了几个计划且在脑中反复推演,把自己的风险降到最低,以保万无一失。

在狱中待了三年多后,李一鸣被评为劳动积极分子,申报法院后,经法院批准宣布后提前假释出狱了。

正如《百年孤独》中所说的一句话:"生命中曾经有过的所有灿烂,终究都要用寂寞偿还,人生终将是一场单人的旅行,孤独之前是迷茫,孤独过后便是成长。"

CHAPTER 14

功德箱

> 如果你特别强烈地想得到一件东西，最好的办法就是先放下它，然后按部就班地做该做的，用心点、温柔点，不要那么用力。水到渠成，该发生的都会顺应规律发生，心急、用力，甚至手忙脚乱，往往会把好事吓跑，当你将所有执念放下，不再那么贪、嗔、痴，一切美好都会如约而至。

回到家里，李一鸣每天除了陪陪父母，就是吃好饭，四处闲逛，领领行情。毕竟脱离这个社会有三年多的时间了。

社会的发展是日新月异的，手机还可以拍照、聊天呢，年轻人都喜欢在电脑上用一种叫QQ的聊天软件。有什么搞不懂的，不用再去图书馆啦，电脑通过搜索百度就可以免费查找。

买什么衣服可以去淮海路、襄阳路。这个叫襄阳路市场的里面到处都是奇装异服，以及各种假冒名牌。

李一鸣就在襄阳路边上花了二十五元买了一份上海酒店、餐饮联系电话及负责人的名单，于是他开始了第一步计划。

在牢里李一鸣曾经读到过一本书，里面叙述了一个故事。

在美国有个穷困潦倒的流浪汉来到了一家加油站，向加油站里的超市老板讨要一点吃的。加油站老板看到他如此窘迫，就问："看你的言行举止应该是受过高等教育的，你为什么会到了这种地步？你遇到了什么事儿？"

这个流浪汉就叙述了自己的往事及痛苦的经历，也无非就是投资失败、公司破产、老婆跟人跑了、被银行收回了房子，就变成现在这样身无分文的流浪汉，等等。

加油站老板听后表示很同情他，给了他一些钱，并且提议，他可以把他的故事写下来贴在这里，下面放个募捐箱，很多来加油或者来超市里买东西的人看到后，大概率会把手里的零钱捐出去，这样积少成多，也是一笔收入，很有可能一个星期够买几个汉堡的。

这个流浪汉非常感谢，就用纸箱做了一个募捐箱，把自己的经历写在箱子上，放在加油站的收银台前。

过了半个月后，这个流浪汉又来到这家加油站，老板请他喝了一杯咖啡和吃了一个三明治，帮助流浪汉打开了募捐箱。

募捐箱里有零零碎碎的不少硬币，数了一下居然有三百多美元，也就是平均一天有二十美元，按当时人民币折算有二千五百元。按当时上海的工资标准，一般小白领要做半个月才有差不多这点儿工资。

流浪汉受到启发后做了很多个募捐箱，一路上看到加油站、超市就进去和老板聊，出于同情老板们大都同意他放这个募捐箱。

后来这个流浪汉在公路沿线放了二百多个募捐箱，一个月去取一次，每次里面都有五六百美元，一个募捐箱不算什么，但二百个募捐箱每个月就变成了十几万美元的纯收入。那可是每个月一百多万元人民币啊！

没过多久流浪汉又恢复了往日的荣光，公司、房子、车子、妻子都换成新的了。

李一鸣当时看完后深受启发，认真地想了想，是从一个人身上让他拿一万元容易呢，还是从一万个人身上每人拿出一元容易。

从丧葬一条龙处得知在上海靠近江苏的地方有一座庙宇叫青岩禅寺，庙宇住持正想着如何筹款重建大雄宝殿，李一鸣主动联系了住持。

"阿弥陀佛，师傅，我呢也没有什么钱，但我从小就皈依佛教，我有一个办法，从十方化缘筹款来重修净乐禅寺，不过需要禅寺配合一下。"

"阿弥陀佛，我们佛门所有供养原本就来自十方，李先生既然有办法，我们理应配合。"

"师傅，我想办法从各餐饮、酒店处设立一个功德箱面向社会，有佛缘的善男信女自己随缘结功德，到时需要禅寺开具一些证明即可。"

"好的，这是应该的。"

"在菩萨面前我不打诳语，这件事情办成功，我自己也需要一笔费用来用于我日常开销，师傅意下如何。"

"李先生，你既然是我们释家弟子，你自己把控好就行了，我们这里也是随缘，多多少少都是对佛陀的敬意。"

李一鸣在市区租了一间小仓库，接通电话，让人做好一个个小型的功德箱，定制好挂锁，配好一把可以开所有锁的钥匙，再编写好庙宇重修大雄宝殿宏愿，希望十方信众布施，接下来开始电话拜访，让餐厅、酒店等场所配合。

经过两天的电话拜访，李一鸣发觉一般餐厅等场所不是很配合，会说负责人不在，找不到老板等借口推诿。

办法总比困难多，有什么事情可以难倒人的呢！这种小小挫折可难不倒伊，略微想想就有办法了。

接下来李一鸣用两通电话就能搞定一家餐厅老板。

第一通电话。

"喂，这里是 XXX 饭店哇？"

"是的，请问您是要订位吗？"

"不是额，我是区食药监小张，现在是我负责分管你们这片食品卫生，最近全市开展卫生大抽查，阿拉区为重点抽查区域，需要和你们店负责人XXX关照一下，让他来接电话。"

如果这个XXX老板正好在，并接了电话。

"你是XXX吧。"

"是的，我就是。"

"我是区食药监小张，现在是我负责分管你们这片食品卫生的，最近全市开展卫生大抽查，我们区为重点抽查区域，你门店最近几天卫生搞搞清爽，这次特别重点检查三无产品及过期食品，仓库和冰箱是重点，上次一家饭店冰箱查出一盒豆腐过保质期两天，被罚了两万元，你自己好好检查检查，晓得了哇？"

"哦！谢谢，谢谢，晓得了，晓得了。"

"侬留个电话给我，如果哪天来检查我打你电话，你还有半额钟头辰光可以再突击检查一遍。"

"好的，好的，我的电话是137XXXXXXXX。"

"好额，我记下了，你关照好仓库和厨房，不要掉以轻心，晓得哇。"

"好的，好的，谢谢，谢谢。"

如果人不在，就让他们店内最大的管事人员出来听电话，然后说让他把老板电话给我，还是和老板叮嘱一番比较好。正常情况下，餐饮店听到食药监三个字已经矮半截了，问个电话是手到擒来的事情。

如果遇到店里的人说老板不在，方便留个电话，等下看到老板我让他打给你，这时一定要底气十足地告诉他，作为政府办事人员，不方便把电话留给你们的，这是我

们的纪律,你现在可以告诉我,他什么时候在店里,你让他等着,我到时再打电话过来。

第一通电话的目的就是拿到饭店老板的私人电话,可以直接找到整个店里摆话的人。

过了一个星期打第二通电话,直接打老板的私人电话。

"喂,侬是XXX对哇?"

"对额,侬是啥人?"

"我是市餐饮行业协会额小李,今天打侬电话是餐饮行业协会和市佛教协会,为了帮助本市净乐禅寺重修大雄宝殿搞了一个慈善募捐活动,不要单位与个人出一分钱,只需要在你们单位收银台边上或者进门额地方放一个募捐功德箱就可以了,这是利国利民利己的好事情,功德无量,希望你单位支持一下上海额佛教事业。"

"募捐箱大吗?"

"不大额,和一双皮鞋盒子差不多大小,做善事对自己、对家里人都是积德行善的,冥冥中有福报的,XXX先生如果没有什么问题请侬和店内工作人员关照一下,明天我就安排庙里居士把箱子送过来摆放好。"

"好的。"

"谢谢XXX先生为上海佛教事业做贡献,菩萨会保佑侬额。"

"不客气,应该额。"

第二通电话达成摆放目的。

第二天李一鸣随身携带皈依证,骑着电瓶车一家家地送箱子去了。

用了两个月的时间,李一鸣把五百只功德箱放在大大小小不同的餐厅里。

接下来的时间就是每天要跑二十家餐厅去收取募捐善款。果然效果出奇地好,一家店里的功德箱一个月下来有八百元至一千元,也就是说每天有二三十元放入一个功德箱。当然有的小店可能十元不到,有的店大,人流多,五十元、一百元也是正常的。经过一个月每天的收取,最后统计居然达到惊人的结果——近五十万元。

李一鸣在一家饭店吃饭的时候看到自己摆放的功德箱,亲眼看到很多人吃好饭在埋单的时候,把找零的两三元硬币直接扔在功德箱里了。虽然是一个人的两三元,但架不住人多啊!有十个人做这个动作,一天就是二三十元了。

李一鸣接下来马上联系了古建筑施工方,给禅寺出方案、出图纸,着手重修大雄宝殿,李一鸣建议把山门、天王殿、观音殿、钟楼、鼓楼及客堂间、藏经阁、往生堂、僧侣与居士宿舍、斋堂等全部设计出来,然后一间间开始翻新或者重建,所有款项由自己负责,尽最大能力做到最好。

李一鸣特意为自己留了间客房,房内设有独立卫生间,墙壁用最原始的石灰纸筋材料刷成那种白中透黄的色调,地上铺设青砖,家具也只是一张中式原木罗汉床,加上一张八仙桌配几把长条凳和一个原木衣柜。简单古朴,充满禅意的房间。

李一鸣又令人在梁上悬挂一杆如意钩,下挂一把煮茶水的日式铁壶,壶下设一泥炭火炉用于烹茶。四周布置了一张矮几与几个蒲团、竹椅,用于和僧侣、居士喝茶聊天。

李一鸣请住持来吃茶时,住持应景作了一首《烹茶房》题于白墙之上。

烹茶房

苍苔云石禅榻畔,青竹野泉戏月影。

半坡芳茗露华鲜,惜取新芽调红炉。

烹茶房中绕紫烟,素瓷雪色飘抹香。

唯觉清气入肌肤，寒萧兀坐洗尘心。

李一鸣每隔一段时间就会前来青岩禅寺小住几日，或卧于禅榻之上，或躺坐于屋檐下的竹椅上，闲看庭院中的紫竹随风摇曳，泡上一壶明前龙井，听禅寺的晨钟暮鼓之声，便可抛去一切尘世间的烦恼。庙宇虽小，但雅致且清净。

一年半左右青岩禅寺修建基本完工。李一鸣把功德箱收取的善款基本全部用在庙宇的修建中了，除去吃用开销外，最后结款给装修队后就结余了二十三万元，现在禅寺已经完工，也就不能继续再去拿功德箱里的善款了，便把这些功德箱都收回了。

李一鸣盘算着进行下一步计划。

这一年多时间所有的吃用开销去掉还留有二十三万元，有了项目启动资金。

接下来该如何在夹缝之中生存下去呢？

这还是个问题吗？

这不是个问题吧！

法国著名作家大仲马的《基督山伯爵》最后一句话说得特别经典："永远也不要忘记，在上帝肯向人类揭示未来之日到来之前，这两个词就涵括了人类的全部智慧——等待和希望"

人生中，其实最重要的智慧就是这四个字——等待和希望。当你懂得这四个字的智慧时，你才会一次次在低谷与绝境中走出来，且越来越好。

等待的本质是一种顺其自然，尊重事物发展规律。

当你学会等待的时候，某种意义上就会有新的机会甚至重生。

人生中很多事情都需要等一等，等待就是一种真正的顺其自然的生活方式。

在人生成长路上，许多人都不能等待，急于变现，所以才会错过属于自己的机会。

任何事情都需要经历一个过程，一个人从菜鸟到高手往往需要经历漫长的训练才能练就自己的功夫。

等待就是等待成长中的临界点，持续奋斗与努力付出，你才会看到自己巨大的成长与飞跃。

曾经听过一个段子，说竹子用了四年的时间，仅仅长了 3 厘米。但从第五年开始，每天以 30 厘米的速度，疯狂地生长，仅仅用了六周的时间，就长了 15 米高。

有些时候我们以为成长陷入了停滞的状态，其实非也，很多时候成长是渐进的，我们可能看不到，但是它会慢慢进入我们的灵魂，重塑我们的格局与视野。

等待就是如此，塑造良好的习惯，相信自己的努力与付出并没有白费，相信在某天成长的路上，惊喜会不期而至，而你最重要的是保持等待这个心态，向内观察成长的喜悦与成长所带来的自我的变化。

希望，能让我们有动力活着！

人生中有很多不完美的事情，可能会让我们心烦意乱，而更可怕的是我们就以为这不好的一面就是世界的全部。

人的一生从来都是如此，这个世界从来都是矛盾的，既有美好的一面，也有不如人意的地方，但这才是我们最值得期待的人生旅程。

人生中的希望就是学会向前看，懂得和时间做朋友，看到人生中存在各种可能。曾经有人说过："人生是无常的，因为世界在变化着。"

对待世事也是如此，没有永远的低潮，我们要相信只要你愿意努力与前进，就

会慢慢好起来，这种希望就是用乐观的心态去面对你的未来，你会看到更多惊喜与更多可能性。

希望就是一缕阳光，让我们能够面对生活的种种不幸，依然不丧失成长的动力，人生不如意事十之八九，但是前途终究是光明的，只要你内心向阳，信念强大，慢慢地，幸福就会如期而至。

CHAPTER 15

演唱会

请记住：每次挫败，都是为了更大的成功蓄势。

每次挑战都是为了锤炼意志，再坚持一下，梦想和未来在等你，曾经跌跌撞撞，如今步履稳健前路浩渺，但星光不负赶路人。

虽然道路漫长且曲折，但是我们终将抵达梦想的彼岸。

只要我们勇往直前，就无惧任何挑战。

如果你能坚持不懈地努力，那么成功将会以最美好的方式回馈你。

只有再接再厉，才能迎接更加壮丽的日出！

朋友们，时光荏苒，我们又要迎来新的挑战。

不论是地狱还是天堂，都需要我们再接再厉。

别忘了我们的初心和梦想，无论路有多远，有多艰难……

请再默默坚持一下，无论如何都要相信，梦想已经在路上了。

泪过之后，心怀希望，携手再出发！

请你坚持，一次又一次，勇往直前，不惧千难万险，在这世间绽放你的光芒。

记住，永不言弃，你的未来在前方等待，初露锋芒无人识，再接再厉震四方，少年壮志不言败，勇往直前创辉煌！

这一年香港女星莫文蔚（Karen Mok）邀请台湾华语乐坛巨星周杰伦（Jay Chou）做嘉宾，在虹口体育场强强联手共同演绎经典挑战"极度"演唱会。

李一鸣一个电话让郭小光和莫思文从日本回到上海。

"叫我们回上海什么事儿？"

"你们在日本怎么样？"李一鸣反问道。

郭小光说："嗨！最近风声很紧，本来阿拉已经很小心了，两个礼拜做一趟生活，现在基本跑遍日本大大小小的城市，很多人报案了，到处听到有什么中国人在日本绑架日本人的事情，还有什么模拟画像，阿拉再做下去快要在日本吃官司了。"莫思文接着说："最近几天阿拉也一直在考虑回上海，所以侬一打电话我们就马上回来了，还是阿拉老兄弟勒拉一道（俚语：在一起）开心啊。"

李一鸣笑笑说："不耽误你们赚钞票就好，这样也好，做什么事情安全是最重要额，你们现在回来了，阿拉还是搂把（俚语：合伙）一道做哇。"

"一鸣侬有啥计划哇？"莫思文追问说。

郭小光也追问着："对额，一鸣有啥 A 计划、B 计划的，讲出来阿拉一道听听，这几年阿拉在日本除去吃吃喝喝的开销，还存下了三百多万元人民币，阿拉二人一分，每人也就一百五十万元，侬需要多少启动资金？阿拉这点铜钿够不够？"

李一鸣笑着说："这次不需要什么启动资金，阿拉大概几万元就搞定了。"

"阿拉就不动脑筋想了，行，侬讲怎么样就怎么样吧，我们配合好就好啦。"莫思文说道。

"Ok，我想这样……你们看如何？"

二人听完李一鸣的整个计划惊叹道："册那老卵（俚语：厉害、佩服）！这个生活考虑得仔细额。"

莫思文继续问道："那我们现在要做什么？"

"等着，等出票后，侬就马上去买两张五百八十元的票，然后把张贴的那张座位布置图撕下带回来就可以了。"

"那我做什么？"郭小光问道。

"侬可以去放风给一些黄牛和小朋友，就说通过红外线搞到二十几张莫文蔚（Karen Mok）和周杰伦（Jay Chou）演唱会票子，到时可以优惠给他们十几张，

让他们赚点零花钱,预估当天会炒到一千元以上一张的。我去联系好其他事情。"

在演唱会开始前一个月不到的时间,正式窗口出票了,莫思文第一时间买了两张五百八十元的演出门票,并且趁没人时撕下了座位布置图和海报。

当天晚上三个人坐火车来到温州,到了温州又打了一辆出租车来到龙港。

李一鸣拨通了龙港一个中间人的电话,告知自己和另外一个朋友到了龙港酒店1207房间。

郭小光自己找了附近的另外一家酒店入住。

一个小时左右中间人来了,并且带来了另外一个小个子。

"李老板是吧,我是你刚刚电话联系的阿伟呀,这是我的朋友小刘,他这次帮你负责印刷的所有事情。"

李一鸣客气地把他们请进房间:"好的好的,里面坐,来先喝杯茶。"

"李老板你好,我叫刘利根,你们叫我小刘好了,刚刚阿伟已经和我说过了,你们要做什么样的东西?可以先给我看看哇?"

李一鸣拿出演唱会门票递给了小刘:"就是这个门票。"

小刘接过门票面露难色地说:"这个风险很大,不好弄啊,到时不会查到我这里吧?"

李一鸣哈哈一笑:"肯定不会,这点你不要担心,我们做的人不参与卖,卖的人不知道谁做的,这些门票到时经过二道手才到黄牛手里,黄牛都不认识我们两个。"

"哦!那就好。"小刘吁了口气说道。

中间人阿伟说道:"小刘你放心啦,李老板是我兄弟'犟棺材'的朋友啊,你还不相信'犟棺材'啊!"

Chapter 15　演唱会

上海街景

阿伟转头又对李一鸣和莫思文说:"'犟棺材'是我最好的兄弟,他一个电话过来关照我要我帮忙搞定你们这次印刷的事体,我二话没有立马就找到小刘了,小刘这个人做事很稳当的,你们放心,不可能出什么问题的,对吧小刘。"又转过头对小刘说。

众人点头:"嗯嗯。"

阿伟接着说道:"人我已经介绍了,接下来我也尽尽地主之谊,请大家一起赏脸吃个便饭吧,我们楼下的餐厅就不错,都是我们苍南当地特色海鲜。"

"不要客气啦,你帮了我们,应该我们请你才对。"李一鸣说道。

阿伟摆手说:"不行不行,'犟棺材'特意关照我的,一定要我代表他来给李老板接风洗尘的。"

"好吧,那我们恭敬不如从命。"

席间大家推杯换盏,品尝刚刚从海里捕捞上来的虾姑等海鲜。

小刘提议:"李老板,我看明天你们和我一起去钱库吧,我所有熟悉的厂都在钱库,你们在钱库的话,也不用看个样来回跑了,大家方便。"

"好的,听你的安排。"

"李老板你们是做什么生意的啊?"小刘问道。

莫思文用眼一斜冒充黑道谈吐说道:"小刘啊,这个你就不用知道了,知道了对你我都没有好处,只要这次帮我们把活做得漂亮,你这个朋友我们认了,以后有什么搞不定的人和事,我们按道上规矩也帮你搞定,绝对不会生活倒做吃两头的。"

小刘端起酒杯说:"哦哦,我懂了,大哥那我先敬你一杯。"

饭后,李一鸣和莫思文回到酒店,莫思文告诉郭小光他们明天去钱库,让他今晚立刻打车先去钱库。

莫思文问李一鸣："这个阿伟说的'犟棺材'是怎么认识的？"

"这个人是在吃官司的时候认识的，这个'犟棺材'是制作加贩卖假月饼票给黄牛，最后一次和黄牛交易的时候，对方黄牛就是老派，等伊假月饼票拿出来的时候，人家掏出的不是人民币，而是警察证件和铐子，所以我知道他肯定有这方面的门路。"

"原来如此啊！官司单位真的是人才辈出的地方啊！"

"那你也进去待上几年试试看啊。"

"哈哈哈，这个就没有必要了，听听侬和小爷叔讲给我听就好啦，听过就当去过了呀。"

第二天中午。

浙江温州苍南钱库镇。

小刘对李一鸣和莫思文说："两位大哥，我刚刚拿这两张票去做菲林的厂家看了，里面不仅有防伪线还有这种荧光防伪标识，关键还有防伪变色字，这些要不要做？要做的话制作工艺可能比较复杂了。"

李一鸣看着小刘说："小刘啊，这次找你，就是知道你办事牢靠，我要的效果是以假乱真的，红楼梦里有副对联'假作真时真亦假，无为有处有还无'，不是要马马虎虎随便印额东西，你明白吗？"

"好的，我懂了，那今天我就开始出菲林、打样，明天早上可以上版、对版、调色，明天晚上就可以上机印刷，后天早上就可以拿到货了。"

"好，制版的时候注意座位要按我给你的座位布置图里的指定区域排版。"

"嗯嗯，张老板这个你就放心吧，你现在可以告诉我需要多少数量了吧？"

李一鸣微笑着说："五千张。"

"李老板如果做五千张的话,我这里费用一共五万元,你觉得可以吗?"

"可以,你去做吧。"

"好嘞,我现在就去安排菲林,晚上来接两位大哥去海边吃海鲜去,都是渔民船上的海鲜,非常非常新鲜。"

"哈哈,吃不重要,你先去忙吧。"

"等等!"李一鸣突然想起什么叫住了小刘,"那个防伪变色字不要做了。"

下午小刘打样出来后让李一鸣看过,确认后就安排工作去了。

晚上小刘接上李一鸣和莫思文去了海边,在渔民船上买了一些海鲜到堤坝那里的海鲜排档付了点加工费,点了啤酒开始享受海鲜盛宴了。

真的是满满一桌的各种螃蟹、虾,还有很多叫不出名字的螺和鱼。比较特别的是吃到了一种像一只大甲壳虫一样的东西,他们称为海䲟,用壳里面的膏黄和鸡蛋一起炒,很是鲜美。

多年后李一鸣在自然博物馆居然看到这个叫海䲟的生物,对边上的陈卫东脱口而出"我吃过这个",把几个来参观的小朋友吓得愣住了,用惊诧的眼光盯着他看。

李一鸣端起酒杯对小刘说:"小刘啊,谢谢款待,我敬你一杯。"

"李老板你客气了,这是应该的呀。"

"小刘啊,现在事情基本都搞定了,接下来就是拿货付款,我呢也不在这里等了,先回上海,拿货付款你直接给我兄弟好了。"

"好的呀,李老板,不过我有件事情要提醒你们一下,介绍我认识你们的那个阿伟今天打电话来要我给他介绍费,我一直以为你们是朋友关系,所以我今天报价的时候没有把他的这个钱算进去，就回绝他了，他好像很不开心，这个人你们要当心点，拿着货回去的路上小心点，我怕他使坏。"

莫思文心想现在需要吓唬一下这些人，就一脸不屑地说："给他一房间的热水瓶胆，我谅他也没有这个胆敢动我们，如果真的敢得罪我们，到时我们兄弟会来弄残他的，他应该了解我们的办事作风的。"

莫思文的这句话其实就是告诉小刘，不要耍心眼，如果事情做得让我们不爽，到时要你好看。

小刘马上明白这个人高马大一脸横肉的人说的意思，急忙摆手说："是的是的，大家和气生财，我等下会和那个阿伟说的，嗨！大不了我不赚了，我的那份给他好了。"

李一鸣还是笑笑说："这是你们之间的事情，我也不方便下结论，但要影响到我们，就不要怪我们翻脸不认人，心狠手辣了。"

"嗯嗯，是的是的，我敬二位大哥。"小刘端起酒杯说。

晚上回到钱库，李一鸣趁半夜没有人偷偷跑到了郭小光的酒店房间里睡觉。

郭小光的酒店就在李一鸣和莫思文住的酒店马路斜对面，从窗口可以看到整个酒店大门进进出出的人。

第二天小刘来到莫思文房间。

"大哥，李老板已经回去啦？"

"是的，上海有事所以今天一早就走了。"

"哦哦，今天你再休息一天，明天一早我就送货到你这里。"

"好的，货到付款，明天我拿到货，你再和我去银行取钱。"

"好的好的。"

这天,李一鸣和郭小光在房间吃了点儿泡面,一天没有出门。

第二天一早,郭小光和李一鸣在房间的窗户后面观察着对面酒店进进出出的人。

莫思文也一早按约定把门禁卡塞进门口的地毯下面指定位置,然后收拾好行李坐等小刘前来。

不一会儿小刘提了一个黑色马夹袋来到莫思文房间,莫思文检查了一下,觉得没有问题,就把黑色马夹袋随手放在床上,拿了烟、手机和一张银行卡同小刘一起有说有笑地去银行取钱。

银行就在酒店前三百米左右的地方,李一鸣看到小刘和莫思文出门后就飞奔下楼跑到莫思文酒店房间前,从地毯下拿出门禁卡,打开门看到床上的黑色马夹袋,打开马夹袋把里面的门票都放到自己的双肩背包里,然后找了两件莫思文的衣服塞进黑色马夹袋里,门禁卡重新塞回地毯缝里,关上房门,跑回郭小光的房间。

一直没有正式露面的郭小光在这次行动中是隐身人的角色,他背着装有门票的背包打了一辆车到温州市,坐上长途车回到上海。

李一鸣也背着包打了一辆车到龙港准备坐长途车回上海。

莫思文笃笃定定地在银行付好钱,便回到酒店拿了行李准备出门去车站,走到酒店大厅门口的时候,门口走来了五个陌生人。

"这位老板准备走啦?我们是阿伟的朋友,阿伟说小刘那个家伙不可靠,怕他从中捣鬼,让我们来保护你,护送你回去。"

莫思文用三角眼斜着看了那个说话的人一眼:"你看老子是需要你们来保护的吗?"

"这位老板,我们也是受了阿伟的嘱托,你那么大的个子当然不需要我们保护,我们要保护你手里那包东西啊。"

"哦，这样啊，那给你吧，我拿着也累。"莫思文说完把手里的包往地上一扔，空着手抬脚就跨出酒店大门。到门口叫了一辆车到温州火车站，坐火车回到上海。

在长途汽车站，李一鸣不巧碰到安检，包被翻了个底朝天，当然是没有发现任何违禁品，也顺利地回到了上海。莫思文因为空着手大摇大摆地坐火车回的上海，一路上也没有人来检查他。

不知道李一鸣这次安检是巧合还是被人点了，无从查起，也不去管了，反正李一鸣本来就计划好有明的，有暗的，还有隐身的，相信自己做好防护就好，多设立几道防火墙还是有必要的。

回上海后。

按计划郭小光召集了二十多个待业在家的小混混，把他们分成十个小组，每次约见两三个人，帮他们印好名片和宣传单，谈好每卖出五张门票给五百八十元提成，帮他们分析过每个人只要每天卖出去五六张，估计半个月即可赚四五万元，然后由李一鸣带领他们跑各办公大楼做演示，并且帮他们分好区域。

"你好，我是龙翔文化娱乐传播公司的工作人员，这次莫文蔚(Karen Mok)和周杰伦（Jay Chou）在虹口体育场的演唱会，我公司是承办方之一，目前手上有一百多张五百八十元的门票，不想浪费，所以拿出来售卖，我们这里买五张送一张，如果有需要可以打我这个电话，我会送票上门的，谢谢。"

按这种话术直接给到各办公楼的前台，并递上印有买五送一的促销口号及座位布置图的宣传单。

第一批的门票每组先分给他们六张，卖掉后再通知郭小光，然后由李一鸣、莫思文、

郭小光负责把门票送到他们手里。

另外按原价五百八十元的价格让一些小混混卖给几个黄牛,这些黄牛很多是老派倒勾(俚语:公安局特勤、暗探),所以和这些人打交道风险很大,李一鸣采取了以前荷兰运槟榔的经验,十张十张地卖给黄牛,每次都是自己把票放在超市的储物柜里,再让黄牛自己去拿,等他拿到了,再派个小混混去拿钱就好了。

即使这样也有被逮住的小混混。

因小混混说:"就是人家让我拿钱的,具体什么东西不知道。""那个让你来拿钱的人呢?"警察问。

"刚刚就在马路对面,你们抓我的时候我看到他跑特了。"

这种情况最多带回警署关几个小时后放人。

半个月不到,五千张门票全部被处理干净了。

李一鸣三人最后盘了一下账,扣去给那些小混混的好处费用,差不多五十万元,再加上成本五万元,还有一些零零碎碎的费用,一共赚了一百八十万元,每人分到六十万元。

十天后。

演唱会开始,李一鸣三人来到了虹口体育场门口,只见一大批人被堵在检票口不让进去,大批警察在门口维持秩序。

由于这些人手持的门票都是假票,这些假票没有防伪变色字,在灯光下,五百八十元这几个数字不会变色,所以被挡在门口。

"我当时为什么故意不让小刘做这个防伪变色字就是为了现在这个样子,如果人都进去了,然后在座位上吵起来、打起来,后果不堪设想,如果发生什么踩踏事件,后果就更不堪设想了，现在这种情况是最好的结局。"

郭小光咧着嘴笑道："现在最好额结局是阿拉立马去堕落（俚语：去花天酒地的意思）。"

莫思文也笑着说："洋葱头讲得对，现在应该有美食和美女来让我堕落。"

"哈哈哈！走！我们啥地方去堕落？你们有什么方向哇？"李一鸣说。

郭小光坏笑着说："跟我走吧，我昨天就安排好了，定在虹桥那里一个会所，吃喝玩乐一条龙。"

"走走走，哈哈哈。"

三人勾肩搭背，嘻嘻哈哈地离开了虹口体育场。

这个故事给到各位读者的警示是：千万不要去贪小便宜，犯罪分子就是利用人们贪小便宜的心态才容易得手的。

诈骗犯的成功来自你的贪心。

CHAPTER 16

房产中介

炎炎夏日的午后,烈日当空,火云如烧,只见路上汗流浃背的行人都躲进梧桐树下的绿荫中匆匆赶路。

不一会儿,乌云漫天,层层叠叠,天地之间刹那无光,突见闪电交叉,雷声震耳,狂风暴雨似是千军万马奔腾而过,又像洪水咆哮,怒吼不止,如天崩地裂,声势骇人。

一切过后,阳光倾洒,带着泥土芳香的微风徐徐吹过,略感凉爽宜人,万物郁郁葱葱显得更加灵动。

泰康路上一家沿街咖啡馆靠窗的位置坐着四个人,他们一边喝着咖啡,聊着天,一边欣赏着自然界的变脸。

"人生也是如此,跌宕起伏的人生才有意义,你们说对哇?"说话的人正是李一鸣。

这四人分别是莫思文、郭小光、李一鸣,还有一个人就是失踪许久的梁世斌。

梁世斌一直觉得对不起李一鸣,在李一鸣出狱后二人见了一面,吃了个饭,梁世斌塞了几千元钱给李一鸣让他先用着,然后就一直躲着他。

李一鸣也很理解,以前的事情虽然由他而起,但也不怪他,都是自己法盲自作自受,去受点儿教训也好,不然可能会惹出更大的祸。

后来郭小光和莫思文遇到梁世斌问他为啥躲着李一鸣,梁世斌说实在不好意思,再说现在身上也没有钱,没法弥补李一鸣,看到李一鸣觉得难为情。

郭小光他们就让他不要有什么想法,李一鸣早就释怀了。梁世斌才很不好意思地见了李一鸣。

郭小光接着说:"阿拉上趟演唱会额生活做得漂亮,但不是一直有演唱会的,这样坐吃山空也不是办法。"

莫思文边上说："不来塞我们还是回日本去做老本行，如果被抓牢，算触霉头（俚语：倒霉），不抓牢算我们运道。"

郭小光继续接着说："侬是枪声不响，脚步不停，枪声一响，爷娘白养咯！我觉得还是听听李一鸣有什么Ａ计划、Ｂ计划哇。"

李一鸣喝了一口咖啡说："我不赞成你们回日本继续做老本行，据你们自己说日本额老派已经很关注这件事情了，案子一多肯定重视，再说，常在河边走哪有不湿鞋的。"

梁世斌点头附和道："我同意一鸣额讲法，做你们这个生活早晚要爆特，你们以前是运气好，再说日本人前几年手里还有点儿铜钿，不和你们计较，就当破财消灾了，最近几年日本人自己都不景气，失业率很高，你们做这个生活就有难度了。人家张子强不比你们结棍（俚语：厉害）啊，不是也打头了嘛。"

莫思文也说："那我也想听听一鸣有什么计划哇？"

李一鸣看了看大家说："我一直有个愿望就是先赚点钱，然后和三五知己找个山青水绿的地方优哉游哉地生活。现在第一步就是赚钱，解决以后的生存问题，计划我倒是早就想好了，你们看这样……来塞哇？"

听完李一鸣的计划，众人互相看了一眼，齐声说："册那！扎劲！（俚语：好，有意思）"

两天后，浦东陆家嘴附近东昌路边上，李一鸣和郭小光看到一间门面房出租，两百平方米的房子每个月的租金五万元，押一付三，最后经过洽谈，仍然每个月五万元，但押一付三变成了押一付一，装修期为一个月，郭小光拿了一张叫张伟的

身份证说是代表老板签约付款,然后就是装修,买了一批二手办公家具往里面一摆,门口挂上"新世纪不动产"的招牌。

为什么要挂这家公司呢?一是它为知名的连锁房地产中介企业;二是这条路上没有"新世纪不动产";三是这家公司是加盟的形式,等反映到工商或者总部打官司起诉,他们早就跑路了;四是李一鸣早在一个多月前就用张伟的身份证已经到这家公司应聘参加培训,通过两个星期的培训,熟悉了这家公司的操作流程。

然后找了新客站办证一条龙额人,所有的证件、营业执照、印章都准备齐全,附近中介公司门口贴的房源信息他们都依葫芦画瓢也贴在玻璃上。

饵已经撒好,接下来就是坐等鱼咬钩了。

两天后,下午。

东昌路新开的这家"新世纪不动产"走进来一对时髦男女,男的有四十多岁,梳着大背头,外加大腹便便,浑身上下被名牌包裹着,不是范思哲就是古驰,手上戴着一款全钻伯爵满天星表,感觉像一个国内暴发户,身边女的小很多,也就二十几岁的样子,风情万种、美艳动人,梳着大波浪的发型,化着淡淡的妆,身穿一袭淡绿色的连衣包臀裙,戴了一款卡地亚的坦克系列腕表,挎着一款迪奥的方形的带点格子状的漆皮包。

郭小光坐在办公桌的工位上看到后,立刻站起来笑脸迎了上去,他一边示意二位坐下,一边寻思这是父女还是情侣呢?问道:"二位是喝水还是喝咖啡或茶?"

男的说:"给我水吧。"

女的也接着说:"那我也喝水吧。"

李一鸣听见后拿了两瓶矿泉水走了过去,笑嘻嘻地放在二位面前的茶几上,还拿了一本记录本坐了过来。

郭小光问："二位是来买房还是租房？"内心却在想如果租房就打发了滚蛋吧。

男的说："我们准备买房子。"

李一鸣接着问："不好意思，二位怎么称呼？"

男的接着说："我姓罗，这是我老婆。"

李一鸣向女的点头笑笑后接着问："那罗先生和罗太太想买什么样的房子？地段、房型、心理价位是多少可以告诉我哇？方便我帮你们挑选。"

女的说："地段就挑这周边的，我老公的公司在这附近，房型嘛想要一百平方米至两百平方米的，如果是复式更好，单价不要超过这附近房价的均价就好啦。"

"罗太太，这附近房价的均价五万元至十五万元的房子都有，你看看能不能给我一个可参考范围？"李一鸣问。

罗先生看了一眼他老婆说："就前面仁恒滨江的房子吧。"

李一鸣笑了起来说："哈哈，罗先生和罗太太是看上仁恒滨江的房子了吧。这里的房子现在均价十二万元左右，我手上正好有一套房子，房东是个香港人，要回美国工作了，手里的房子急着出手，今天早上刚刚来我这里登记好，我还没来得及挂出去，真的是太巧了。并且房子和你们想要的差不多，两百多平方米，五室，大平层，双阳台，加复式挑高，其中还有一层超级大露台，黄浦江景色尽收眼底，周末约了朋友一起露台烧烤绝对惬意，楼层好像是十几楼，关键是价格很划算。我探过他口风十万元一平方米是他的底线，因为他买来就是十万元，所以他报价就是十一万元。目前他老婆、孩子已经先去美国了，他就是想尽快处理掉房子的事情去美国的。

"就是他由于要急着出国和家人团聚，所以对付款方式比较有要求，希望首付

至少一半，然后在过户前全部付清这种，不希望有银行贷款什么的，什么审批走流程时间拖太久的。

"你们觉得怎么样？如果觉得好，我就跟他约时间看房。"

这对夫妻被李一鸣这番话说得心动不已，连连点头说："好的，好的，那麻烦你约了去看看吧。"

留了罗先生的电话后，送走了二位。

李一鸣立刻拨打了梁世斌的电话向他描述了需要房子的要求，务必尽快找到。

梁世斌跑到仁恒滨江附近的房产中介对着中介的人描述了自己要找的房子。

当天中介带他去仁恒滨江看了几套房子，他挑选了一家装修比较豪华的租了下来，当时房东报价房租是三万元一个月。

梁世斌一口港腔说："我是公司付钱的，房租多点少点我无所谓的啦，但我们公司有规定只能押一付一，每个月公司财务会按时打你账上的啦，因为我在这里至少工作两年啦，所以我老婆、孩子都来这里啦，房租合同签至少两年啦，你这里很干净我现在就搬过来啦，我的行李什么的还在金茂凯悦酒店里啦。"

房东应该也是一家企业的老板，很理解公司聘请海外员工的一些福利和财务走账流程，所以就欣然同意了。

梁世斌把房产证拍了照片说是给公司财务留档用，并当场付了六万元，就拿到了门禁卡和钥匙。

第二天上午。

东昌路"新世纪不动产"门口驶来了一辆保时捷卡宴，车上坐的正是罗先生和罗太太。他们接上李一鸣和郭小光就来到仁恒滨江。

乘坐楼层专用电梯来到梁世斌家，电梯出来就是房间的鞋帽厅，门口迎接的人是穿着一身西服，身高190厘米的大个子莫思文，进了房间，梁世斌用不标准的港腔迎接大家。

李一鸣介绍说："这位就是房东周先生。"

梁世斌一边听着李一鸣介绍罗先生、罗太太，一边指着莫思文说："这是我的司机兼保镖小方。小方啊！你领大家去看看啦。"

莫思文就领大家一个房间一个房间地参观。

这里的房型和装修都是无可挑剔的，跑到露台看两岸的江景也是无敌的，接下来就是谈实质性的问题了。

梁世斌说："我前天刚刚送走老婆、孩子，所以里面空空的啦，我这个房子总价两千八百万元啦，差不多十一万元多一点点一个平方米啦，也是刚刚装修了两年不到，你们自己看基本都是新的啦，家具、电器什么我也带不走啦，光这些东西当年装修加家具什么的用了也要两百多万元了。这些统统不要啦，都送给你们啦。"

罗先生看了看他太太："周先生，您的房子呢，我们是满意的，就是价格能不能再便宜一点儿。"

梁世斌面露尴尬地说："不是我要出国，我不急着卖啊。那你们看给多少啊？"

罗先生犹豫了一下说："两千五百万元，你看怎么样？如果同意我马上付定金。"

梁世斌连忙摆手："不行啦，不行啦，我装修家具都给你就给你节约了两百多万元啦，现在说两千五百万元我直接亏五百万元啦，算了算了，这样不行的啦，罗先生这种还我价格属于落井下石，反正我挂了好几家房产公司啦，这几天每天都有中介带人来看房子的，我也不急了啦，你太没有诚意啦。"

李一鸣连忙拉起罗先生、罗太太对梁世斌说:"周先生,我和他们私下聊聊,您稍等一会儿。"

李一鸣把罗先生夫妇叫到阳台上说:"罗先生、罗太太,这个房子绝对划算,如果错过了可能其他人就抢走了,我看你们也是真心喜欢,要么你再加点,然后付款方式让他舒服一点,我去和周先生说说,你看怎么样?"

"这样吧,两千六百万元,按他要求我先付他一半一千三百万元,今天先付三百万元定金,一个星期内再付一千万元,然后过户前全部付清。"

"那罗先生您需要申请贷款吗?"

"不需要,我直接一把付清。"

"好,那你等一会儿,我进去和周先生谈谈看。"

李一鸣进房间用了一根烟的时间,又到阳台把着急等待的罗先生、罗太太请回客厅。

李一鸣微笑着说:"罗先生、罗太太,刚刚我和周先生沟通过了,你们爽气,他也爽气,现在就按两千六百万元成交,税及其他手续费都是罗先生交,这也是目前市面上不成文的规矩,还有就是我这里的中介费应该是你们各收1%,现在也是罗先生负责付,中介费一共五十二万元,今天罗先生先付我二十六万元,等过户那天再付二十六万元就好了,就是说周先生净到手两千六百万元,罗先生你看可以哇?"

"可以。"罗先生爽气地说道。

李一鸣继续说:"周先生今天付你定金三百万元,然后一个星期内再支付一千万元,最后过户前付清另外一半一千三百万元,你看有什么问题吗?"

梁世斌说:"我目前也在美国买房子装修,如果罗先生付款爽气呢就不需要去走银行贷款流程了,我希望罗先生在交税前付我一千六百万元,最后留一千万元过户前付清就行,罗先生你看怎么样?"

罗先生看了看罗太太后说:"好吧,周先生爽气,我也爽气。"

李一鸣见大家达成共识后就说:"现在请大家到我公司签合同吧,然后我再给大家介绍一下我们这次买卖房产的大致流程,对了,周先生,您等下带着您的房产证、身份证等证件。"

"好的,已经准备好了。"梁世斌用手指了指茶几上的一个文件夹,里面装着昨晚连夜让办证一条龙赶制出来的假房产证和身份证件。莫思文用两张贴了双面胶的假车牌(这两张假车牌是前天在停车场里把人家的车牌撬下来的),把从婚庆公司租来的一辆宾利的车牌遮挡住,接上梁世斌到了中介公司,然后一转弯停下又撕下了假车牌。

众人落座后,李一鸣向大家介绍起交易流程:"我们目前三方已经达成所有购房买卖事宜,我现在给大家介绍一下接下来的流程与时间节点:在付完定金后,首先由我们公司负责做房屋核验,以确保房屋产权清晰,无抵押查封可正常上市交易,所以房产证和定金都由我公司负责保管,核查房子没有问题,一般十天左右出结果,然后我们通知罗先生付第二笔购房款,再由我们公司去房产交易所办理递交所需材料及缴税前的相关手续。因为罗先生不需要贷款所以大约三十天即可去地税局缴纳税款和交易所办理房子过户手续,在办理过户手续前罗先生需要付清所有购房款,大家明白了吗?"

"没有问题。"罗先生笑着说。

众人点头示意表示知道。

接下来就是付定金、签合同,三百万元购房定金款项打到了深圳一家技术公司

的账户上,二十六万元中介费则打在了一个叫张伟的私人账户上,李一鸣说张伟是自己的老板,"新世纪不动产"的负责人,也是为了避税。罗先生表示理解。

约好几天后等李一鸣通知过来签正式购房合同。

莫思文继续贴上假牌照,开着宾利车到中介公司门口接上了梁世斌。

大家互相愉快地告别。

五天后。

大家又来到了东昌路这家叫"新世纪不动产"的房产中介公司。

由于是大型连锁大房产公司做担保,办事效率又快,业务水平又高,所以非常顺利地签好购房合同,罗先生也爽气地支付了一千六百万元的购房款项。

送走了罗先生、罗太太,四个人各自到了自己的战场,现在大家的身份不是大老板也不是房产中介了,统统都是清洁工,反正都是二百多平方米,劳动面积差不多,大家撸起袖子打扫卫生,戴上橡胶手套,套上鞋套,一丝不苟地擦拭着房间里所有的地方。

深圳这家技术公司是一家空壳公司,里面的法人是穿着法人马甲的山里农民,属于专门负责洗钱或阿诈利(俚语:骗子)的公司。

那个张伟也是用在新客站附近买来的身份证去办的银行卡,然后用他的名字做了假的营业执照等,二十六万元中介费也已经打到了深圳技术公司的账户上。

深圳技术公司账户上的一千六百万元和张伟账户上的二十六万元,由地下钱庄在几天内转了十几家马甲公司,最后转到了澳门。

七天后，早晨 7 点。

中国香港尖沙咀香格里拉大酒店。

四人各自在自己客房内睡觉，梁世斌的电话响了，电话那头告知梁世斌可以来澳门提款。

梁世斌立刻通知了其他人，不一会儿，李一鸣、郭小光和莫思文都来到梁世斌房间。

梁世斌得意地说："都搞定了，全部洗得干干净净啦，今天下午就可以去提款了。"

李一鸣若有所思地说："最好再安排快艇接一下，不然老不踏实，我们得多小心。"

"有道理，我马上去安排。"梁世斌接口道。

随便吃了点儿早餐，大家就从海港城那里坐快艇到了澳门。

澳门地下钱庄。

梁世斌通过香港的朋友请了澳门道上的一位大哥来做中间人，钱庄准备了八个包，打开包里面装得满满的都是港币，十几台点钞机同时点，最后扣除 15% 中间人和洗钱的费用，还剩一千六百八十万港币，每个包里放进去两百多万港币。

四人坐上了中间人大哥安排的一辆小巴开到梁世斌指定的一个小码头，背起钱袋飞奔向停靠在码头上的快艇，钱好像真的蛮重的，也就一百多米的距离，每人背着四百多万港币累得汗流浃背，梁世斌事后还说肩膀上的油皮都被背带磨掉了一块。

回到香格里拉，大家把钱倒在床上，然后像孩子搭积木一样把钱慢慢地搭成一个不规则的金字塔，四人躺在地板上，仰头看着床上的那堆钱，那种喜悦感真的是无比美好。

可以想象受害者知道上当受骗时一瞬间心如刀割，钱财被骗的滋味，真是难以言喻，曾经的信任换来的却是无情的背叛，让人感到无助和失落。

虽然被骗让人失落，但不要因此而变得愤世嫉俗。应该相信大多数人是善良的，以后一定要注意保护自己的权益，不要轻易上当。

如今要感谢我国科学技术的高速发展，各种现代化的制度逐步完善，现在的网络技术已经完全规避了这种案件的发生，不可能再出现类似的房地产诈骗了。

CHAPTER 17

阿诈利

物以类聚，人以群分。只有同等能量的人才能互相识别，只有同等能量的人才会互相欣赏，只有同等能量的人才能成为知己好友。你想要什么样的朋友，你得先活成什么样的人，当你变成了什么样的人后，你就会吸引来什么样的人。

仰望床上那堆钱，众人的心久久不能平静。这是他们几个人此生赚过最大的一笔钱。

按以前的惯例大家会坐地平均分赃，但这次李一鸣却说："前一阵子我去'新世纪不动产'总部应聘的时候发现了一个赚钱的门道，我初步计算了一下应该有一个亿以上的摇账（俚语：赚钱），但是做这个生活没有一千万元启动怕搞不定，你们要不要做？"

"侬讲出来听听。"大家表示愿意先听听再做决定。

李一鸣说："为了不让这世人生留下遗憾和后悔，阿拉应该尽可能抓住一切改变生活的机会。"

"册那！侬快讲。"大家催促李一鸣赶紧说。

"Ok，我上次为了在'新世纪不动产'里熟悉房产交易的流程，在他们总部上了半个月的班，他们这家公司是可以加盟的，我觉得……你们看怎么样？"

莫思文听完大叫一声："册那！扎劲额（俚语：有意思）！"

梁世斌点头说："这倒真的是个赚钞票额好项目。"

郭小光看着李一鸣说："反正我信任侬，侬要做的事情，我历来都撑侬额。"

"那好，一千万元我们明天存汇丰银行，银行卡由洋葱头保管，多下来的六百八十万元，我们平均分掉，一人一百七十万元，虽然是港币也值一百四十多万元人民币了，我们吃吃喝喝也足够了。"李一鸣说。

李一鸣继续说："还有这个生活，场面比较大，光我们四个人肯定不够，我准备把我在荷兰的那帮兄弟叫过来一起做，如果里面加几个老外面孔混在一道会更加像模像样的。"

梁世斌大笑道："哈哈哈，这倒真的是这样，我马上去买一个马甲公司，这件事情我有门路额。"

"好！那我们分分工。"李一鸣说罢就开始布置各人的工作。

李一鸣接着打了一个电话给何倾力告诉他自己要做的事情，让他组织兄弟们一起来参与，但不要勉强，不想来的就算啦，最好能叫上戴维斯、皮特和汤米他们几个老外，告诉他们，过来就是吃、喝、玩、乐、拗拗造型，然后等着分钱。

接下来的半年，四人全国各地到处游山玩水，因为大家都知道，能买得起黄浦江边仁恒滨江房子的人应该也不会是善茬儿，如果一个月后去过户，发觉自己受骗上当后，肯定也是满世界找他们，如果万一遇到触霉头哇，还不如到处走走避避风头。

人虽然在到处游玩，但下个项目已经启动，准备工作也有条不紊地进行着。

半年后。

漕河泾开发区内一栋办公楼共两千多平方米被一个中国人和三个老外租了下来，然后开始装修。

这四人正是何倾力、戴维斯、皮特和汤米。

两千多平方米被分割成四个区域，前台接待及洽谈区、展厅区、培训区还有就

是办公区。其中，展厅区域就占了一千多平方米，里面搭建着十几种不同品牌的项目实体模拟店。有奶茶店、咖啡馆、台湾小吃店、香港茶餐厅、上海不同地方口味的面馆，以及几家不同地方或不同国家的特色小吃店，如海南鸡饭、云南过桥米线、桂林米粉、上海锅贴、串串店、麻辣烫、日本章鱼丸子、欧式蛋糕面包等，如同进入了一个美食广场。

装修又差不多用了三个月，之后一家名叫"食为天餐饮管理有限公司"正式挂牌开业了。

在开业前一个月，漕河泾开发区内一间办公室，门口贴着"食为天餐饮管理有限公司筹建处"。

公司会议室内"上海 11 罗汉"正在开会，有八个中国人、三个外国人，他们分别是李一鸣、郭小光、莫思文、梁世斌、何倾力、林子衿、钱征、陈卫东、戴维斯、皮特、汤米。

李一鸣作为会议主持说道："生命匆匆，不必委曲求全，人生很多事情是不能等待，也是不能犹豫和错过的，不要坐等，不要错过，更不要辜负了韶光。瞬间的时光会为我们种下遗憾，种下忧伤，种下孤独寂寞的悲伤，留下无名的苦涩和酸楚。"

家有千口，主事一人。会议决定了：

项目总策划由李一鸣、何倾力、梁世斌负责；

对外拗造型由戴维斯、皮特、汤米负责；

总操盘由李一鸣负责；

财务部由何倾力负责；

市场部由陈卫东负责；

客服部由梁世斌负责；

招商销售由林子衿负责；

趟盘（俚语：发生意外时处理纠纷）由梁世斌、莫思文负责，戴维斯、皮特、汤米配合；

后勤保障由郭小光、何倾力负责。

各人明确好了自己的岗位职责，就按部就班地去做好事先决定的分管事宜。招聘的招聘，面试的面试，在开业前所有人员到岗，一场招商加盟的大戏拉开了序幕。

先由梁世斌请高手修图搞定了国内某当红明星的肖像使用，接下来就是市场部陈卫东的部门发挥作用了，陈卫东手底下有十多员大将，分别负责自媒体宣传、贴吧等媒体宣传、各广告公司合作及加盟网站的合作、百度、搜狗等搜索门户网站的竞价与抓取。

有了意向客户的第一手资料后，再由梁世斌领导的五十几位客服部电话客服人员与意向客户进行第一轮沟通，这番沟通很重要，不管客人需要开什么样的店，我们这里都有，需要什么样的品牌也都有。

比如客户在网络上查看某某奶茶或者其他知名品牌网站的时候，就会被陈卫东负责的部门抓取到他们的联系方式，也有可能客户打开某知名品牌网站，但跳出来的可能就是"食为天餐饮管理有限公司"的品牌网站，里面也有所咨询的品牌，这些都是陈卫东负责的部门搞定的事宜。

客人拨打网站留下的电话咨询："我想咨询一下开一家某某奶茶店的相关事宜。"

梁世斌负责的客服人员马上说:"好的,请问您是准备在哪个城市经营?"

客人:"我准备在某某城市开。"

客服:"我帮您查看一下您所咨询的区域有没有代理或者已经有人加盟了,过会我让招商经理给您回电。"

这五十多名电话客服需要每天完成拨打二百个电话,每人每天需要按指标至少打出两个有效客户,提交给林子衿负责的招商部。

有意向的客户转给林子衿的招商部后,由林子衿分配给手下的十个小组长,每组由一名组长带两名组员,一共三十多人,每组能拿到十个以上有效意向客户名单,然后就是一顿骚操作引诱客户前来考察签约。

我们以某某奶茶做演示吧,具体操作如下:

招商经理:"您好先生,刚刚是您咨询某某奶茶吧。"

客户:"是的。"

如果展厅有某某奶茶的展示就直接说有,然后告知他加盟事项,邀约他前来即可。

如果没有就是另外一波操作。

招商经理:"对不起刚刚查看了一下,某某奶茶在您所在的城市已经有代理商了,您需要自己和代理商联系的,不过我们这里是招商总部,目前有一个品牌比某某奶茶更具有市场竞争力,并且是一个刚刚火起来的品牌叫某某品牌,因为餐饮市场是有一个生命周期的,您目前做某某奶茶的话,赚钱是没有问题,但第一拨钱已经给当年火起来的加盟商都赚走了,是不是您现在去消费没有以前人多啦,所以做一个正在火的品牌是明智之举,我帮您介绍一下这个品牌怎么样?"

如果客户执拗一定要开某某奶茶的话,就告知他代理商要自己开直营店不放加盟,然后还是推其他品牌给他。

但凡客户有点心动就把设计好的年利润分析等内容发给他，再有就是增加客户创业的信心，三名组员各自变换 QQ 头像和名字，和经理聊天，由经理关心最近生意怎么样，然后由组员冒充已经加盟的客户，就说生意有多么火爆，三个月就收回投资了，自己怎么怎么样地感谢总部公司。还可以用组员冒充客户拜托招商经理，产品卖太快了，能不能让总部公司配货中心帮忙再追加点货，招商经理帮他搞定后又是千恩万谢帮忙的，暗指生意火爆。甚至还有组员冒充代理商说有人要加盟，他请招商经理帮忙接待一下，到时收到招商加盟费给招商经理红包，等等。反正就是表达两个字"火爆"，如果是三个字，就是很赚钱。

最后并告知前来考察全程食宿和车费公司都可以报销，那客户会质疑为什么公司会做这种倒贴钱的买卖，我们招商经理的回答是为了让品牌迅速地在市场上保持头部品牌的占有率，需要迅速扩张品牌的影响力，不然就会被其他品牌超越，所以公司哪怕先期贴钱也要加速铺店的速度，所以您赶上好时机了，与总部公司的市场战略荣辱共进。

这一波洗脑的目的，就是让客户前来考察。

客户真的来了以后，另外一波神操作会等着他们。

对招商部门的要求是每组每天邀约三人以上来公司考察。

客户到了机场、火车站等出口，由郭小光和何倾力负责的后勤保障部门安排司机接送至公司附近的酒店，安排好住宿。一般都是住那些莫泰 168 或者汉庭这种经济型酒店的标准间或三人房间，如果对方客户来一人就安排双人标准间，标准间里已经入住了一位招商部组员扮演的客户翘边模子；如果来两人就把你拆开安排进三人房间，里面两翘边模子等着你；一起吃饭的时候，十人一桌，一大半是翘边模子。

就是说从机场车站接你开始，你的一举一动都在整个团队的观察之下，然后和你

拉家常套你话，是不是真正会签约的客户一天下来就全知道了，两辆大巴车里的一百人中，有至少七十人是安插在客户身边的翘边模子。

这一天肯定是安排得很紧凑，第一天酒店安顿好后，中午吃完午餐就一起拉去公司参观考察，体验各种餐饮项目，听各种餐饮项目的介绍，国内某明星的人像及图片到处可见，招商经理还暗示此明星也是公司股东来增加公司的公信力，三个老外还笑嘻嘻地和大家握手打招呼，一般很多小城市来的人几乎从来没有和老外接触过，这波操作能让他感受到国际大公司的氛围。

晚餐后带着大家游玩上海外滩、滨江大道等一些景点，目的是让同一个房间的客户与翘边模子通过一起吃饭、一起游玩，逐渐熟悉起来。

晚上回到酒店在房间聊天也是很关键的一步，翘边模子会把自己的感受和客户分享，告知客户自己明天上午招商会议决定做哪个项目，然后问客户想做哪个项目，如果客户有什么顾虑也能套出来。

比如客户没钱，那明天他的座位就安排在做小额贷款公司广告展位的边上，无抵押、0元当天放贷的广告展架就在他面前竖立着。

第二天上午的招商会议非常隆重，类似一些传销洗脑会议，介绍项目的优势，多少人赚钱了，赚钱的代表在台上发表感言，然后就是翘边模子和招商经理两个对一个进行洗脑销售，诸如任何问题都由公司帮你解决，哪怕没有钱开店，你边上都有给你解决钱这个问题的，说些励志的话，利润分析表也是明明白白分析得很"透彻"，只要你加盟或者拿了区域代理，你的人生就此改变，你再也不会像自己父辈一样打工一辈子为五斗米而折腰，站着就能把钱赚了。

在这种氛围下不签约的人很少，如果不签约基本昨晚一个房间的翘边模子也已经告知这里的招商经理什么情况了，要么今天不理他，冷落在边上，有个实习生陪着他

Chapter 17 阿诈利

上海外滩夜景

练练手，能签就签，不能签也无所谓了，要么今天就没有让他来，这也是有概率的，不过既然来了，很少有人会不付钱离开。

当前来考察的加盟商看到公司加盟项目种类齐全，加盟项目简单易学，又有明星加持，公司看上去实力也很雄厚，几个外籍人员笑眯眯地和你亲切问好。

并且看到以前加盟的几十个加盟商在培训，在会场又看到多人签约加盟，这种随众心理也是下决心的关键因素。

所以，每天都有三十单左右签约加盟或者代理，签约一家加盟，加盟费五万元至十五万元不等，再加上设备和装修及物料所赚的钱，加盟一家至少有二十万元的毛利。

代理费在三十万元至一百万元不等，由于代理诱惑更大，所以利润也更大，正常一家代理至少有五十万元的毛利。

每天一场下来有六百万元至一千万元的流水，扣去招商提成和市场推广及运营费用合计40%左右，每个月净利润可达一千二百万元至一千八百万元。

加盟后就是开始找店铺装修开业等事宜，这些由郭小光的后勤保障部门负责，发给加盟商和代理商统一的设计图纸，统一的操作设备，店开业后就是只负责发一些原材料供货了。

加盟商和代理商会有几个月的心理承受力考验，如果三个月到半年还在亏就只能认倒霉关门了，当然也不能一概而论，也有起早摸黑能赚到辛苦钱的加盟商，这种比例一般只有10%，还有20%是不亏不赚的，70%的加盟商和代理商是要亏的。当然创业不管做什么基本都有这种概率，没有好生意与坏生意，只有努力与懒惰的区别。

按照原先的项目沙盘推演，做这个项目开始半年应该风平浪静，半年一过就会有人来投诉或者到法院起诉，这时就应该考虑撤退了。

因为如果人数多了，各加盟商一旦联合起来，就会引起经侦的注意，毕竟里面大多数品牌是仿冒其他公司的知名品牌。加盟商发觉是假的品牌后肯定会报案，如果有十几个人一起报案就比较麻烦了。

所以，在做到第五个月的时候李一鸣就让负责趟盘的梁世斌、莫思文把戴维斯、皮特和汤米拉到一起准备迎接各种麻烦。

让老外接待投诉有两个好处，一是前台小姐姐介绍老外是公司负责人，因为重视所以总经理和运营总监还有督导总监一起来接待您；二是戴维斯他们完全可以装傻，对你们的话术表示听不懂、不理解，哪怕报警，警察来了也是可以说，世界上的任何生意没有包赢不赔的，你如果输掉了生意是市场因素不是我们的原因，你不满意可以通过法律手段解决，但凡提到假冒品牌的问题都可以拿出仿冒品牌授权证书糊弄一下，实在不行就还是让他们去打官司，反正时间就是金钱，多拖一天就是一天的钱。

这样如果马上打官司的话，也最少又可以拖半年时间，半年就是接近一个亿的收入，完全诠释了时间就是金钱这句话的真正意义。

兄弟们在一起的凝聚力并不是感情有多好，如果谈感情，李一鸣、郭小光和莫思文三个人可能会有，毕竟从小一起长大的，多多少少有了那种类似亲情一样的情谊。其他人就是纯利益和脾气对路了，因为曾经一起战斗过，所以彼此的默契度和信任度还是比其他人要可靠一点。

大碗喝酒、大块吃肉、大秤分金，和梁山好汉一样是少不了的。

李一鸣、郭小光、莫思文、梁世斌是先期投资人，所以按事先说好的分60%的利润，每个人每月可分到手三百万元以上，差不多第一个月就收回各自投资的款项了。

　　何倾力、林子衿、钱征、陈卫东四人属于一个团队，分30%，每个人每月可分到手一百二十万元，是在荷兰运槟榔的月收入的十倍。

　　戴维斯、皮特、汤米属于外援友情客串，分10%，每个人每月可分到手五十万元左右。

　　那些业务能力强的招商经理有的每个月提成可达到十万元以上，一般的也能有两三万元左右，拿不到这点钱的招商人员就会被淘汰掉。

　　人很多时候就是不懂得收手，大多数贪官污吏就是收不住手最后前功尽弃，身陷囹圄。这些人李一鸣在监狱里看到过很多，所以他给自己的手机设定了一个日期提醒，到半年后每星期一凌晨三点手机响一次铃声，让自己惊醒一下，该跑路了。预定跑路时间为从开业起十个月，不管明天还能赚多少钱，头也不回就走。这是李一鸣告诉大家的，也无须通知员工，最后这几百万元就给这些员工分掉吧。

　　这些钱跑到欧洲虽然不能过上富豪的生活，但肯定是能解决生存问题了，并且能很舒适地生活。

　　在第九个月时，李一鸣遇到了一个人，这个人让他改变了十个月就走的计划。

　　这人正是他以前的恋人唐纤云，此时的唐纤云虽然也是单身，但身边有一个对她痴迷的追求者。

　　刚才讲述的这个加盟骗局目前全国各地还经常发生，类似这种招商加盟的骗局，被称为快招，各位读者可要擦亮眼睛仔细辨别哦，千万不要轻信什么一本万利、一夜暴富的事情。

CHAPTER 18

利差

一辈子不长，有些精彩只能经历一次，有些景色只能路过一回。

不要等，有时候等着，就让等待成为一种习性，就会在等待中蹉跎岁月。

不要怕，能说的立即说，能做的马上做，不要瞻前顾后，你今天不做的，或许就是永久的遗憾。

不要悔，路是自己选择的，走过的，错过的，是自己心甘情愿的。

人的一辈子只有一次，人生也只有一次机会，若只用双眼去看，一辈子算白过了，得用心去看，才能把一生过好，哪怕是跌宕起伏的。

这天郭小光在机场接人遇到唐纤云，二人打了招呼，简单地聊了几句。唐纤云得知李一鸣目前就在离自己五千米不到的地方，就要来了李一鸣的电话号码，并打了过去。

李一鸣听到熟悉的声音，平时能说会道、吹牛不打草稿额人，一下子变得语无伦次，最后在心跳声超过说话声的情况下，约了晚上一起见面吃饭。

本以为过去的一页，能不翻就别翻了，翻落了，灰尘会眯了双眼。

可烙印在脑海深处的那些美好记忆被启动后，你说不去想？作为一个有着七情六欲的凡人是无论如何也做不到的。

餐厅在古北新区附近的一家私房菜会所内。

"李一鸣，侬最近怎么样啊？"

"蛮好蛮好，就是瞎混混呀。"

Chapter 18　利差

"听洋葱头讲侬最近生意做得不错啊。"

"不要听伊瞎讲,就是瞎混混。"

"看侬额精神状态蛮好额,侬就不用谦虚嘞,我又不是要问侬借铜钿。"

李一鸣露出尴尬和腼腆的笑容,递上菜单让唐纤云点菜。

唐纤云点的都是李一鸣喜欢吃的江南菜,鸡头米炒手剥河虾仁、响油鳝丝、酒香草头、蟹粉拆烩鲢鱼头、雪笋塘鲤鱼、腌笃鲜,另外每人一碗刀鱼馄饨。

"现在好讲侬回来以后额事体了哇?"

李一鸣笑笑,简单介绍了一下自己出狱后的经历。

最后李一鸣说:"我现在做额是一件很伟大额事体,帮政府解决了很多人的就业问题,也拉动了很多企业的经济增长,比如食品公司、装修公司、酒店用品公司,等等。对了,不要一直问我呀,那你这几年怎么样啦?"

"我还是老样子啊。"

"听说侬没有结婚,男朋友有了哇?"

"也不算有,不过有个男的在追我。"

"你们机组的吗?"

"不是,是一个经常出差,坐商务舱的乘客,经常遇到就认识了。"

"蛮忙额嘛,这人是做啥额?"

"伊是中原油公司在上海公司额负责人,伊负责伊公司额项目投资这块事体。"

"哦,那不错啊,找到大户了咯。"

"什么呀,伊工资不算老高额,福利待遇嘛倒还可以,房子、车子、驾驶员什么的都是公司配额,因为伊拉公司几个亿的资金都是伊在运作额。"

听到这里李一鸣隐隐约约觉得这可能会是一次拉米额机会(俚语:赚钱)。

李一鸣看着唐纤云问道:"现在我们还有机会重新开始吗?侬还爱我吗?"

唐纤云含着泪答道:"都是侬说要分手的,我从来都没有忘记过侬。"

"侬愿意和我一起到欧洲生活吗?"

"我当然愿意啊,不过上海不是蛮好额吗?侬为啥要去欧洲呢?"

"我做额事体都是一些见不得光额,万一那天爆特(俚语:曝光、露馅)又要回去敲格子饭了,我可不想再回去了,所以乘现在多赚点钞票,阿拉一道去欧洲,可以过得惬意点。"

第二天回公司李一鸣在开会时提了一下自己的感觉。

李一鸣把和唐纤云聊天的内容介绍了一下,重点说了唐纤云的追求者是中原油公司上海分公司额负责人,并且负责公司投资项目,以这家公司额实力可能伊手里掌握几亿资金还是算低估额,然后问大家怎么看。

何倾力在一旁自言自语道:"让他投资什么几乎不可能,我们也没有什么值得让人投资的项目,要不设个局,做一票,反正我们也准备撤了,索性撤远点,我们去欧洲让他们找不到就行了。"

李一鸣问道:"我也是这样想的,但不知道怎么做,更需要制订一个万无一失的详细计划。"

林子衿说道:"这个难度不大,我和阿力以前都在银行里上班的,其实只要他愿意去我们指定的银行存款,我们两个就有办法把钱给转出来。"

钱征叫道:"林帅,银行是你们家开的啊?你说转就转啦?"

何倾力说:"钱三炮你还别不信,我们还真的有办法。"

李一鸣:"阿力不要卖关子,说出来听听吧。"

何倾力："如果说明白又是猴子变成人的故事，需要说很久，再说很多专业的东西和你们解释太麻烦了。"

梁世斌在边上说道："那你觉得把他口袋里的米放进我们口袋的成功概率有多少？"

林子衿和何倾力对看一眼后说道："我不敢说100%嘛，90%还是没有问题的。"

何倾力也说道："我认为把握很大，我先大概说一下如何操作，我们可以这样……然后……接着就搞定了。"

听完何倾力大致介绍的计划，大家还是觉得云山雾罩的，面面相觑后不知所云。

李一鸣看了大家一眼说："既然那么有把握，那这次你们二位全权负责整个计划，需要我们做什么，直接安排就行，大家觉得怎么样？"

众人都欣然同意。

过了几天，李一鸣又约唐纤云出来。

李一鸣就挑明了对唐纤云说："我们现在有个机会可以马上离开这里，我们一起周游世界去，怎么样？"

"真的啊，那阿拉现在就可以走了，反正钞票多赚点少赚点都一样过额。"

"不来塞额啊！我还想做一桩生活再跑，不然我心不甘。"

"好吧，那侬继续努力吧，我也帮不了侬。"

"没有啊，刚刚说的这个机会只有侬可以帮我完成，只要侬帮我一点点小忙，两个月后的今天我们应该在阿尔卑斯山下喝咖啡了。"

"侬不会要抢飞机吧，这可不是侬额风格呀？"

"当然不会咯，抢飞机我哪能敢啦，侬当我是戆大啊，打飞机我倒经常做额啦。"

"戳气，13点，快讲呀。"

"侬不是讲迭侬额人是中原油负责投资额人嘛，按伊拉公司额实力，伊手里动用

上海外滩

额投资铜钿不会低于几个亿的吧？"

"是啊，但这又不是伊额钞票咯。"

"我想让伊在银行里兜一圈，给伊赚点利差，这不就是他的钱了吗？"

"什么意思？我不懂。"

"不需要侬懂，要解释给侬明白，和从开始讲猴子变成人一样，要讲几天几夜也不一定讲清爽，侬只要和他说，侬认识的一个朋友公司流水也很大，他在各银行里兜一圈，多出来的利差就变成自己额零用钱了，一个亿嘛也能兜出一年上百万元嘞，这点钱自己用用还是蛮开心额，并且一点风险也没有额，都是合法的。"

"哦，没啦？还有哇？"

"没了，只要经常灌输就好啦，半个月后我们继续前几天吃饭的地方偶遇一次就来塞了。"

唐纤云好奇地问："侬为啥要这样呢？"

李一鸣眼睛都不眨一下地说："这个事情说来话长，反正对大家没有坏处，我只是想帮银行里一个朋友的忙，帮伊完成存款指标，伊今年就可以晋升做行长，这样人家曾经帮我的人情我也还特了，侬晓得额，我讲义气呀。"

"是这样啊，那我有数了。"

半个月后。

那个追求者约唐纤云出来吃饭，问想吃些什么，唐纤云就提议说，去那家古北新区附近私房菜会所吃江南菜。

晚上，李一鸣和郭小光早早就坐在餐厅里点好菜，开始制造偶遇了。

"一鸣你和小光在这里吃饭啊！嘎巧。"唐纤云和一个男人走进餐厅就看到坐在

一张很显眼的位子上的李一鸣和郭小光。

李一鸣和郭小光故作惊讶地说:"云云嘎巧,侬和男朋友也来这里吃饭啊,来来来一道吧,我们刚刚坐好还没有开始吃,你们不嫌弃就拼台了。"

唐纤云看看边上的男人说:"这二位是我从小一起长大的哥哥,很久没有遇到了,这个人就是我一直和你提到过的李一鸣,要不我们拼台吧?"

"好的好的,幸会幸会。"那男的满脸堆笑地上前来握手。

郭小光说:"云云侬怎么嘎不懂事体啊?男朋友也不帮我们两个阿哥介绍介绍。"

唐纤云笑着说:"不是男朋友,就是比较聊得来额朋友呀,让伊自己介绍吧。"说完看了一眼边上的男人接着说:"侬自我介绍一下吧。"

"呵呵,我叫马永杰。"说完掏出两张名片双手递给了李一鸣和郭小光。

李一鸣看着名片说:"央企的大老板啊,幸会幸会。"

唐纤云说道:"他这个大老板有什么用啊,就是那点死工资,哪像侬啊,手里这个银行跑到那个银行一年下来小金库里钞票用不光。"

"哪有啊,我只是利用各银行的利息差为自己合法谋点外快呀,和马总不能比、不能比,马总是看不上我们这种小手笔生活额。"李一鸣摆手说道。

马永杰连忙说道:"哪里,哪里,我哪有李总你们洒脱啊,你们赚的每一分钱都是自个儿的,想怎么花就怎么花,我每次报销都要有规定的名目,走财务流程的,哪天不在位子上了,连这点儿福利也没了。对了,经常听云云说你认识银行的朋友倒腾一下每年就能倒腾出利息差来了?"

李一鸣笑笑说:"是啊,如果马总有多余资金,我到时可以介绍银行的朋友给你认识,让他帮你操作一下,明面上按人民银行的利息走,实际按各银行实际利息来走,多出来的利差,到时直接打你账上,并且是合法合规,完全无风险。"

李一鸣说完递过菜单:"马总,云云,你们看看菜单。"

几天后。

何倾力与公司开户银行的行长打了一个电话,说是认识央企老总,帮他拉了一笔存款,让他把钱储存在你们银行,明天上午安排一个 VIP 会议室接待一下。

当天下午在李一鸣的安排下,穿着和银行职员一样西服的何倾力与林子衿就在银行门口的咖啡馆与马永杰见了一面,何倾力与林子衿详细地介绍了一下银行的一些流程,约定明天上午来银行办理储蓄手续。

第二天上午。

延安路上工商银行门口何倾力与林子衿早早地就等在门口迎接马永杰的到来。

马永杰与公司财务一起到了银行门口,何倾力熟门熟路地把马永杰迎接到安排好的会议室内。

不多时,银行行长也来到会议室。

何倾力:"金行长,我来帮你介绍一下,这位就是我们马总。"

转身又对马永杰说:"马总,这位就是我们金行长。"

在二位握手间,何倾力又说:"金行长,你去忙,这里就交给我们吧,你就放心吧,如果有什么事,我再来请示你。"

食为天餐饮管理有限公司也是这家银行的不大不小的储户,既然老客户帮着介绍大储户来,金行长自然眉开眼笑地点头:"好的,好的,你们辛苦了哈。"

何倾力送走金行长后问马永杰:"马总这次准备在这里存多少?"

马永杰看了看身边的财务说:"我想先存一个亿吧。"

林子衿笑着说:"好的,那请财务和我一起去办理手续,到时需要你签字什么的再来麻烦你。"接着向何倾力点头微笑说:"那你们先在这里喝茶。"

这波操作让马永杰对这个银行职员深信不疑,外面的金行长也对这个帅哥是马总带来的财务人员深信不疑。

金行长在外面听说一下解决了他一个亿的储蓄指标,异常高兴,办理手续是一路畅通,等全部手续办理完了,林子衿拿着银行收款凭证交到马永杰手中时说:"等下,我还需要原始凭证复印一下,你们再稍坐几分钟,我复印好马上过来。"

没有等众人反应过来,林子衿就拿着收款凭证跑出了VIP会议室,他没有跑到复印机那里,而是飞快地跑到了停车场。

在停车场里的一辆别克商务车上,郭小光已经把电脑、打印机等设备准备就绪,林子衿打开车门坐了进来,把收款凭证交到了郭小光手里,郭小光熟练地扫描出了一张一模一样的收款凭证。唯一有区别的地方是那个章,扫描的收款凭证是喷墨,银行原始收款凭证是印泥,肉眼是看不出任何区别的。

林子衿拿了扫描收款凭证就飞奔进银行跑到会议室交到了马永杰手上。

"马总,一切手续已经办好,按目前的利息差每个月有十多万元,到时一起打到你指定的账户上,还有就是转账时核对信息留了你办公室的座机号码,这个财务都知道了。"

"好的,谢谢各位了,那我们不打扰了,我们也走了。"

第二天。

李一鸣约了唐纤云出来喝茶,把全盘计划告知唐纤云,希望她能帮忙,这个生活做特就彻底收手，一起去国外生活，周游世界。

在软磨硬泡中唐纤云勉强同意了。

一个月后。

林子衿来到了延安路上的工商银行内。

同时按李一鸣示意最近一段时间唐纤云一直跑去马永杰公司找他，全公司的人看到唐纤云就知道马总女朋友来了，唐纤云已经可以不需要前台通报直接跑到马永杰办公室了，所以前几天乘马永杰不在把他的座机申请了呼叫转移，今天唐纤云一早就来到马永杰公司，前台小姐姐看到是她来了就微笑着打招呼，唐纤云笑笑说我去他办公室等他，就径直跑到马永杰办公室里。

到了办公室唐纤云就立刻开启了马永杰座机的呼叫转移至李一鸣的手机号码，等马永杰来上班后拉着她一起去永康路那里的一家西餐厅吃早午餐。

银行这边林子衿拿着银行原始收款凭证按梁世斌提供的几家深圳公司分别办理转账手续，林子衿当时的身份就是马永杰公司的财务，故金行长全程陪同，手续办理得非常顺利。

最后电话确认打去马永杰办公室座机。

停车场里，李一鸣眼睛一直盯着手里握着的电话，就等它响起，铃声《致爱丽丝》的钢琴曲响起的那一刻，李一鸣按绿色接听键的手略微颤抖了一下，深吸了一口气，让自己平静下来，在电话里回答了银行职员提出的问答，表示财务的转账是自己授权同意的。

金行长对着林子衿说："以后还是要多考虑我们银行啊，我们服务不到位的地方，请告知我，代我向马总问好。"

林子衿连忙说:"谢谢金行长,这次正好有几家公司需要投资款,我们以后会一直合作来往的。"

就在一天前,餐饮公司已经不断有人来闹事了,李一鸣他们召集了几个骨干员工,表示公司不能再开下去了,需要跑路了,后面约的客户你们能收钱就收钱,作为员工的遣散费。然后又拿出一笔钱来嘱咐他们再做几天后大家都各奔东西吧,反正联系方式都有,以后再做大家再召集起来一起赚钱。画完大饼后"上海11罗汉"立刻各奔东西。

马永杰公司的钱转账到深圳后,又和上次房产中介一样,分了几批,转了十几家公司后到了澳门地下钱庄。

十一人加上唐纤云,一共十二人都到达香港,入住香港会展中心边上湾仔的万丽海景酒店,第二天留下唐纤云在酒店,其他人都跑去澳门背米了(俚语:米即是钱)。

还是找了上次的中间人做担保,不过这次数额较大,怕黑吃黑,梁世斌动用了关系请了一家保安公司帮忙押运。

按老规矩扣除了15%,最后到手九千六百万港币。分成十九袋,每袋五百万港币,最后一袋放了六百万港币。

虽然一路由武装保安押运,但大家还是提心吊胆的,怕路上出现状况,还好最后安全抵达码头,众人迅速把钱袋搬到了快艇上,总算放下心来。

回到香港后,他们当天直接把钱存进了汇丰银行。何倾力再按事先说好的比例办好了十二张卡交到各人手中。

这次何倾力和林子衿出力最大，李一鸣和唐纤云最关键，梁世斌后续安排最妥当，郭小光扫描一把过也算立功，故这次大秤分金，先由何倾力、林子衿、李一鸣、唐纤云、梁世斌、郭小光每人各分一千五百万港币，还剩六百万港币，其他人算见者有份也每人分到一百万港币。

众人在香港吃吃喝喝玩了几天后，坐上荷兰皇家航空公司的飞机，到了阿姆斯特丹。戴维斯、皮特和汤米三人准备合伙开个小酒馆躺平了。

陈卫东和钱征希望生活在鹿特丹，二人开了一家中餐厅，又在隔壁开了一家茶馆。

何倾力、林子衿两人没有想好自己做什么，反正手里有钱，先到处走走，看看世界吧，就是不能回国，因为最后银行这档活他们是枪手，银行所有监控都是他们两个的身影。

梁世斌准备往澳大利亚跑，他说喜欢那里的阳光与海滩，在海边买个小别墅，再买艘小船，没事儿出海钓钓鱼，去酒吧和比基尼美女喝喝酒、调调情，这是他向往的生活。

郭小光和莫思文第一次来欧洲，只要跟着李一鸣就行。

李一鸣就带着唐纤云和郭小光、莫思文来到了米兰城外阿尔卑斯山脚下的科莫湖。

科莫湖距米兰一个小时车程，是阿尔卑斯山区很著名的一个冰川湖，岸边的许多地方都是峭壁，阿尔卑斯山（一年四季可以滑雪）湖水清澈、景色秀美，美不胜收。各式各样的别墅点缀在两岸的群山之中，就像是一幅绝美的画卷。山清水秀蓝天白云，岸两侧的建筑与山水完美结合在一起，简直就是一幅亮丽无比的秀美风景，让人宛如进入人间仙境，令人流连忘返。

在这里沿着小镇傍湖临山而建的精致小路上散步，或者在咖啡馆里稍事休息，或者品尝冰淇淋，或者闲逛精美的商店等，都是一种美的享受。

夜晚的小镇被星光照耀着，行走在石板路小街上，除了自己的脚步声外，就只有风吹树梢的声音和湖水拍岸的声音。若不是沿着蜿蜒湖岸的几间酒吧，三五游客喝得尽兴，传出阵阵低吟浅唱，真会产生中世纪的错觉。

李一鸣很早就奢望过在这里买栋别墅，当时也就是想想，现在手里有钱了，当然要实现自己的梦想咯。

看了几处房子后，就定下一栋价值人民币一千多万元的三层别墅，共有六个房间，带有一千多平方米的花园，附加一个游艇码头，别墅为近年建造，风格现代化，内部设有温水游泳池。别墅内部设计为美式开放式，看上去很是宽阔。别墅客厅宽敞明亮，地面铺有实木地板，美观且结实耐用。别墅所处地势较高，带有室外温水游泳池，可享受悠闲的美好时光。

按中国人的炒菜习惯请装修公司略微改动了一下厨房的布局，大伙就住了进来，郭小光和莫思文买了一条游艇，没事儿就开出去喝酒钓鱼，李一鸣没事儿就和唐纤云开着车去山里，野炊、散步。

四人也经常结伴四处旅行游玩。

这天他们来到布达佩斯旅行，在这里著名的纽约咖啡馆喝咖啡，李一鸣看到了一个熟悉的身影。

CHAPTER 19

魔都的冷雨

一个人的成就，不是以金钱衡量，而是一生中，你善待过多少人，有多少人怀念你。做生意人的账簿，记录收入与支出，两数相减，便是盈利。人生的账簿，记录爱与被爱，两数相加，就是成就。

布达佩斯是匈牙利首都，也是欧洲著名的中世纪古城，茜茜公主最钟爱的城市，坐落在风景如画的多瑙河中游两岸，有欧洲之心、多瑙河明珠、温泉之都等美誉。

纽约咖啡馆所在的那条街被当地华人称为四六路。为什么称为四六路呢，因为这里有两条电车路线，一条是四路电车，另外一条是六路电车。

来时就听说这家咖啡馆在世界十大最美咖啡馆中排名第一，李一鸣当年在上海也曾经营过一家叫时光倒流的咖啡馆，故怀着期待与朝圣的心情走进纽约咖啡馆。

从踏进咖啡馆开始，就会穿越到一百多年前，那个欧洲的黄金时代。咖啡馆的内壁雕梁画栋、富丽堂皇，却又不失古典高雅，甚至比我们对欧洲宫廷的印象还要美，还要辉煌。这里吸引着来自世界各地无数的咖啡客前来打卡，据说老板在开张当天把钥匙扔进多瑙河，宣称"我的咖啡馆永不关门"，至今来说，他做到了！

咖啡馆内奢华气派的巴洛克装饰，令人目不暇接，美轮美奂，任何美好的词汇都无法形容咖啡馆内精致的装潢。加上彬彬有礼、无可挑剔的优质服务，呈现出皇室一般的优雅气息。

李一鸣一行四人刚刚落座,他就看到了邻座一个熟悉的人,是那个意大利人阿尔弗雷德。

阿尔弗雷德同时也看到了李一鸣,大家在荷兰的监狱一起待了十多天,彼此也是意气相投,如今偶遇分外欢喜。

大家彼此介绍了一下最近几年各自做了什么后,李一鸣问阿尔弗雷德是来布达佩斯旅行的吗?

阿尔弗雷德说:"我是来这里采购一些油画的。"

李一鸣好奇地问:"意大利的油画不香吗?要到匈牙利布达佩斯来采购?"

阿尔弗雷德答道:"我是来采购仿品的,而且要高仿那种,并且要很多。"

李一鸣更加好奇地问:"难道这里便宜?画得好?"

阿尔弗雷德说:"也不便宜,略微比维也纳和意大利便宜一点,每幅画也要四千美元,本来是在美国采购的差不多三千美元一幅,但这次美国那里耽搁了,所以来布达佩斯买。"

李一鸣接着问:"你是开画廊了吗?"

阿尔弗雷德笑着说"不是,这样吧,我介绍一下我油画的用途吧,反正也不算什么秘密。"

原来意大利和美国的黑手党每年都在大量购买高仿油画。最多的是达·芬奇的《岩间圣母》、拉斐尔的《座椅中的圣母》,还有伦勃朗的《脱离苦难》,每年买画交易流水高达几千万美元。

用于新人入会仪式的一项传统流程。

首先,黑帮教父用匕首划开新人的手,让血滴到一张天主教圣人的画像上。

然后他会让新人发誓:"你愿意在圣人面前以血发誓,永远遵守帮规不出卖家族吗?"

新人回答"我发誓"之后,教父会把这张画像点燃。

"如果你背叛,下场就会如这张圣像,遭受火焰炙烤,去地狱里也不得安息。"

之后新人会接过被烧得差不多的画像,合掌搓灭火焰。

这时教父会走过来拥抱新人:"圣人赐福与你,我的兄弟。"

美国各地黑手党和意大利黑手党每年都会接纳上万名新人,每年在入会仪式上消耗的油画价值超过几千万美元。

除非在监狱或者帮派火拼期间等特殊情况,否则新人入会都要严格按照19世纪流传下来的标准流程。

美国制造的高仿名画要三四千美元一幅,每幅画都要烧掉,黑手党也是要考虑资金消耗的。所以这也是阿尔弗雷德他们一直头痛的事情。

李一鸣恍然大悟:"原来是这样啊,那为什么不去中国采购呢?"

阿尔弗雷德说:"中国,不认识,也不知道哪里卖。"

李一鸣一拍胸脯说:"找我呀,这件事包在我身上了,我知道中国哪里有卖,我们国内有大量的画师,价格应该会有很大的优势。"

阿尔弗雷德笑着说:"那太好了,那就报个价吧,你这里可以一幅多少钱?"

李一鸣说道:"既然我已经知道你目前的买画价格,都是三四千美元一幅,我这里统一价格一千五百美元一幅,要多少有多少。"

"李,你说的是真的?"

"当然是真的。"

"那我也不用回去汇报，我这里就和你拍板成交。"

"哈哈！成交！"

"我这里尝试一下先要一千幅，至于什么画我等下回酒店给你照片。"

阿尔弗雷德继续说："以我们之间的交情，我可以先给你五十万美元，货到后再付尾款一百万美元，如果这件事情没有办成，后果是很严重的。"

"Ok，成交！"

其实阿尔弗雷德他们也想过去中国找，但就是一直没有路子，这次偶遇李一鸣，并且他主动提出，这让阿尔弗雷德喜出望外。

李一鸣为什么敢报价一千五百美元呢，因为当时他装修咖啡馆的时候去徐汇文定路买过好多油画，那里这种油画也就几百元或者一千元一幅，这样用人民币和美元一比较就是八倍的利润啊。再说那时和画师聊天，他知道中国有个大芬村的地方是全国油画批发地，价格更便宜，所以毫不犹豫地报了一千五百美元一幅的价格。

五人出了纽约咖啡馆，走过布达佩斯地标性建筑链子桥，放眼望去，矗立在两岸的桥头堡是两座高大雄伟的石砌凯旋门，显现出古典欧洲的王者之风。桥头两边各雄踞一座巨大的石狮，像守护神日夜护卫着大桥，雄狮翘首远望，气宇轩昂，它与布达的宫殿、佩斯的商埠匹配得浑然一体、相得益彰。

沿着多瑙河边继续走了一会儿，来到了一家古堡餐厅，各自点了香醇浓厚的著名匈牙利牛肉汤及煎鹅肝等当地传统美食，喝了一瓶当地国酒托卡伊，此酒据说七筐葡萄才能酿制一瓶，口味清甜且果味很浓郁。

吃完晚餐与阿尔弗雷德挥手告别后，一行人打车来到英雄广场去泡温泉。

进入广场便看见中心矗立着一座千年纪念碑，碑顶站立着大天使加百列的石像，高展双翅，似乎刚刚从天而降。碑的基座上，有七位骑着战马的历史英雄的青铜像，据说是匈牙利民族在此定居时的七位领袖。

绕过英雄广场来到了赛切尼温泉浴场，这个温泉浴场是世界著名温泉之一。不仅是温泉的面积大，还因独特的建筑而出名，鹅黄色的宫廷建筑内有大大小小的温泉池和各种桑拿池。

四人进入浴场见一对对的恋人在水中温存软语，有人享受着水力按摩，日光浴爱好者干脆就在池边躺下，把自己的身体晒成漂亮健康的古铜色，中老年人则把身体泡在水中，脑子专注于水面的棋盘上，战得正酣……

"惬意啊！我们也享受享受吧！"四人说说笑笑，进入露天浴池。

在布达佩斯玩儿了两天，李一鸣等告别阿尔弗雷德回到了科莫湖。

李一鸣一个电话告知陈卫东和钱征，让他们马上飞去深圳的大芬村摸底。

大芬村也称中国油画第一村，这里云集了来自全国各地的两千多名画师，有两百多家画廊。

经陈卫东和钱征了解，这里一幅高仿世界名画只要五百元人民币，量大还可以再谈。

所以，李一鸣在纽约咖啡馆和阿尔弗雷德谈的时候报价一千五百美元一幅。算了一下，一幅除去运费什么的，至少有一万多元人民币的纯利润，这次一百五十万美元的生意便可一下净赚人民币一千一百多万元。

用阿尔弗雷德的预付款就能付大芬村的全款。

真的是没想到！虽然是和黑手党交易，但这个生意是绝对合法的买卖，真是太惊喜了！

这个项目去除唐纤云不参与，李一鸣对接阿尔弗雷德，郭小光、莫思文负责欧洲接货清关等事宜，钱征、陈卫东负责大芬村的油画采购，这样他们每次平均每人可分二百多万元。

第一次顺利完成后，基本上每一两个月阿尔弗雷德都会采购一次价值一百五十万美元的油画，最后据说整个欧洲和美国黑手党家族的油画都是从阿尔弗雷德这里采购的，至于他加了多少钱，就不得而知了。

自此大芬村经常出现两位老板，一位陈老板和一位钱老板。他们也几乎垄断了销往欧洲和美国所有宗教色彩的油画，如果有其他人大批量采购油画销往海外市场，必须要征得这两位老板的同意才可以，不然这两位老板知道后，就没有任何生意机会了，并且当地一伙街面小混混还会来找你麻烦，不是砸你玻璃，就是不定期地挨打，这种事情会频繁发生。他们的这种行为也是为了规避其他油画中间商插手和阿尔弗雷德之间的生意。

没过多久，郭小光和莫思文也从李一鸣家搬了出来，在李一鸣家边上没多远的地方各买了一栋别墅，并且拜托陈卫东和钱征把自己父母接了过来一起住，小日子过得其乐融融。

只是不到一年，老人都嫌科莫湖冷清，关键是想吃的中国菜一个都没有，吃顿中国菜需要跑到米兰，并且年龄大了没法考驾照，又出不了门，每天在家里看着冰冷的湖面长吁短叹的，只要李一鸣他们几个一出门旅游，他们就犹如坐牢一般，六位老人见面说得最多的话就是，这里虽有绝美的风景，但也有窒息的寂寞。

六位老人最后决定还是回上海的石库门里安享晚年比较好，周围都是老邻居，买菜什么的都在附近，想吃什么路边都有，生活起居特别方便。故在科莫湖住了一年后，就告别儿子们一同回到了上海。

三年后。

李一鸣和唐纤云已经有了一个两岁的女儿；郭小光也找了一个老外女友同居；莫思文不愿意谈恋爱，常常开着船在湖里钓鱼，或上山滑雪，想要女人了就开车去德国的会所玩儿几天，反正日子过得也逍遥自在。

嘀嘀嘀……嘀嘀嘀……一阵 QQ 信息提示声打破了平静的生活。

这天李一鸣得知自己父亲生病住院，且病情严重，不顾一切要回国看望父亲，为了小心谨慎，先让正好在深圳的陈卫东去上海打探了一下。

自从李一鸣他们逃到欧洲后，公安局的承办人员就来过他家一次，说要了解一些情况，得知李一鸣已经不在国内就再也没有来过，李一鸣父母来到欧洲后又回上海也没有人来找过李一鸣，那个叫马永杰的央企大老板，去银行后得知银行里已经没有钱了，银行立刻报案，这属于银行的事故，所以马永杰也只是企业内部处理，银行金行长也是银行内部吃了个处分，这件事情已经过去快五年了，目前一点儿消息也没有，就好像没有发生过一样。当年大家撤走后，餐饮公司来过很多人闹了一段时间，后来很多人打了官司，可是真正到法院执行的时候，发觉公司法人就是山里一个种地的农民，最后也是不了了之。

大家聚在郭小光家里一起分析了一下，餐饮公司有马甲法人顶着，所以没有任何

Chapter 19　魔都的冷雨

上海街景

问题,房产中介哪怕面对面对质,只要死赖他们认错人了,没有任何证据,也是安全的。

唯一有点问题的就是最后拉了一票的银行利差,但实际操作人不是李一鸣,再讲所有人都安全脱身了,哪怕被抓到也就是麻烦一点,自己屏牢,坚信抗拒从严、回去过年,就没有多大问题,律师再请好点,应该没有多大风险额,这点麻烦和爸爸的身体比还是值得回去额。

唐纤云也鼓励老公回国看望照顾公婆。

既然问题不大,老婆也支持,李一鸣决定回上海照顾父亲,还是用以前戴维斯帮忙托人办的身份回到了中国。

第一站没有直接回到上海,飞机降落在北京,从北京到了苏州,再从苏州到了江苏与上海交界处的净乐禅寺,李一鸣当年在禅寺内为自己留了一个房间,禅师住持一直感谢李一鸣当年为佛教做出的贡献,这个房间一直为他空置着,每天让小沙弥打扫通风,以备他随时过来居住。

入住净乐禅寺后,李一鸣为了保险起见,让陈卫东先去医院打探了一下,然后自己戴了一顶灰白的假发,化了一个老年妆,戴上鸭舌帽,照了照镜子,看上去至少有70岁的样子,这样才去医院。

陈卫东按李一鸣的嘱咐,特意新买了一辆奥迪A6交给了李一鸣开,李一鸣驱车来到上海的第六人民医院看到了父亲,看着自己虚弱的爸爸泪如雨下,回想当年爸爸每个月来监狱看望自己、鼓励自己,从来没有放弃过自己。李一鸣觉得特别对不起自己的爸爸,如今爸爸病入膏肓,决定要最后尽尽孝心,陪伴爸爸最后的日子。

12月的江南进入阴湿寒冷的时候,冷飕飕的风呼呼地刮着,光秃秃的树木,像一个个秃顶老头儿，受不住西北风的袭击，在寒风中发抖。傍晚，下着毛毛细雨，更觉得阴冷，李一鸣拖着疲倦的身体从医院回到净乐禅寺的房间里准备休息，刚洗完澡躺床上，电话铃声响起，一看是妈妈打来的电话，李一鸣犹豫片刻接还是不接，因为这个电话只有他妈妈和陈卫东知道，并且关照过妈妈，没有特别重要的事情不要打这个电话，想了想最后还是接起了电话。

电话那头李一鸣妈妈焦急地对李一鸣说："快点来医院，刚刚六院打电话来说你爸爸要不来塞了，等阿拉去签病危通知书，侬快点来看看伊最后一面吧，我现在就出门去六院了。"

李一鸣赶紧穿上衣服抓起外套往门外跑去，路上又给陈卫东打了一个电话。

"阿东，我可能已经暴露了，我现在需要你帮忙。"

"一鸣，我懂了，我马上赶过去。"

打完电话李一鸣随手把电话从车窗里丢了出去。

其实，上海经侦支队几年来对李一鸣等人的监视从来没有懈怠过，他们的一举一动都在公安干警眼里。

前一阵子陈卫东到李一鸣家来时，警察通过分析就已经知道，李一鸣可能要回国看望自己病重的父亲，所以加强了针对他的一切监控，李一鸣妈妈刚刚电话打出后即被监听到了，不多时就被定位在净乐禅寺。

阴冷细雨中，经侦支队长当即下了命令，兵分两路：一路去上海第六人民医院等候李一鸣，一路去净乐禅寺缉拿李一鸣。

……

冬天带来的寒气遍布城市的每个角落。西北风刮来，让人感觉寒风刺骨。光秃秃

的树木可怜巴巴地耸立在道路两旁，曾经生机勃勃的小草也终于支持不住，都枯萎发黄进入了梦乡。

人生的艺术都富于自我色彩。自己吟咏的是自己的歌，自己描绘的是自己的画，不管是好是坏，自己都在演奏着自己人生的交响乐。

本书中描述的大多数故事内容在上海被称为"阿诈利"，即骗子或骗局。这在我国，老祖宗们早已经把江湖上各种骗子、骗局分为四大门、八大派（也有十大派之说）。接下来就为大家介绍一下各种骗局门派的区别与特征，便于各位读者朋友出门在外的辨别，避免上当受骗。

古代江湖有蜂、麻、燕、雀四大门。也有蜂、麻、燕、雀、金、评、彩、挂八大派。还有蜂、麻、燕、雀、瓷、金、评、皮、彩、挂十门之说。

第一门：蜂，意思就是说一窝蜂，他们在行骗的时候，属于团队作案，经常需要很多人的配合，在团队之内绝对是分工明确的，而这种骗术需要很长时间的布局，虽然时间周期长，但是最后可以得到比较大的金额。本书中描写的房地产、招商加盟都属于这蜂字门。

第二门：麻，也就是"马"，就是单枪匹马的意思。这些人往往会通过自己的嘴皮子来博得他人的信任，利用一些利益来吸引他人的注意力，他们行骗的时间短，得到的钱也少，但是主要是行动方便，易于逃窜。本书中描写的弥勒佛莫思文卖假冒洗漱用品就属于这麻字门。

第三门：燕，也就是"颜"，俗话所说的美人计。一般来说，这个骗术主要针对的是男人，当然也有针对女性的美男计，这些女性或男性会利用自己的优势，女骗男，男骗女，只要色心起，就能让人不断地上钩、上当。大家常说的"仙人跳、拆白党"，在古代就是这种骗术。书中鸡爪上刮油水的林子衿所做的事情就属于这燕字门。

第四门：雀，也就是"缺"，像这种骗子就是属于胆子比较大的那一类人了。古代的官员总是会有空缺，而这些人在提前得到消息后，去补上这个"空缺"，然后利用官员的身份去对他人行骗，当然了这样的机会也不是常常有，并且也需要很多人配合，《让子弹飞》的故事原型就是雀字门经典案例。

第五门：瓷，就是指碰瓷。你在大街上走着走着，一个老妇人故意抱个瓷瓶冲过来，然后你俩撞在一起，老妇人倒地，瓷瓶摔个稀碎，老妇人也昏迷不醒。此时老妇人的大儿子、二儿子、三儿子乃至孙子、重孙子都会突然从周围冒出，哭爹喊娘，大喊报官。此时人群中肯定会出来一个好心人，告诉你对待这种穷人，赶快花钱消灾，否则一旦报了官府，事就大了，你给她几十两银子打发了算了。等你将身上的银子都给了他们后，就会背起老妇人离去，说是去看病，实则暗地里分钱去了。现在很多街头撞车碰瓷就是这瓷门衍生出来的，书中讲述的李一鸣他们在景区用照相机骗游客钱财的故事就是典型的瓷字门案例。

第六门：金，就是指算命先生，这个就是江湖术士最常见的一种骗术了，他们靠算卦，然后用危言耸听的言论来吸引人的注意力，再通过观察别人的动作表情，说出你家中的情况，然后让你担心害怕，最后你肯定是乖乖地花钱消灾。

第七门：评，就是最简单的评书了，很多人觉得评书人是凭自己本事吃饭的，怎么能是骗术呢，其实在古代人们闲暇的时候，就会去听这些评书人讲述一些故事，但是在讲述故事的时候，他们会故意将精彩的部分放到第二天去说，以吸引更多的人去听他的评书。并且为了多赚两个稀饭钱，往往一个段子能讲上三年五载的，一个很短的故事，他们添油加醋，正史野史，胡编乱造，有的没有的，信口雌黄，目的就是骗得老百姓听得有滋有味，这样财源才不会断。

第八门：皮，就是卖野药的，葫芦里装着各种仙丹妙药，号称能包治百病，对于穷苦看不起病的老百姓，这都是救命的稻草，对于骗子这就是行骗的法宝。

第九门：彩，也就是魔术，在古代被称为"变戏法"，他们会靠自己快速的手法来吸引观众，还有一些专门学习戏法的人，会利用自己的本事去赌场骗钱，当然了要是一旦被发现，后果也是很严重的。书中早期李一鸣他们在街头靠赌瓜子骗钱就属于这彩字门。

第十门：挂，就是街头卖艺的，他们一般都有一些真本事在身上，一边卖艺，一边卖野药，先用大锤在自己胸口上敲碎大石头，再把刀剑插进自己喉咙，或者单掌开砖，或者油锅中捞铜钱，标榜自己气功如何如何厉害，再说这都得益于"大力丸"，随后就开始卖药……

通过此书警醒各位读者朋友在社会中如遇到骗子或骗局需要摆正心态，保持清醒的头脑和理性的思维，不要轻信陌生人的甜言蜜语，不要贪图小利，受他人巨额利益的诱惑，更不要迷信法外特权去相信他人所谓的门路、关系。亲朋好友之间更需要互相提醒，共同预防、互相宣传反诈案例。

愿各位读者朋友生活在这个世道清平、社会和谐的国度里家庭和睦、幸福安康！

附录 / 上海话与普通话对照表

A

阿拉（我们）

阿飞（流氓）

阿诈利（骗子）

B

巴子（傻子或不知行情的人）

白相（玩）

不腻不三（不懂规矩、胡搞）

不来塞（不行）

扒分（赚钱）

笔笔挺（整齐、标准）

C

搓女人（泡妞）

撑毛（望风）

册那（口气用语类似"他妈的"）

吃生活（打一顿）

吃剐子（用匕首捅）

叉裤兄弟（发小、好朋友）

冲头（鲁莽、脑子简单的人冲在第一个，吃亏挨斩的人）

朝天官司（明面上清清楚楚的案子）

触霉头（倒霉）

差头（出租车）

D

打仗模子（街头混混、黄牛）

点炮仗（检举揭发他人）

对开（对打）

F

反扫（报复）

放票（刑满释放）

放码头（放一条路走）

G

戆度（傻瓜或笨蛋）

戆特了（傻掉了）

戆噱噱（傻乎乎）

嘎山糊（聊天吹牛）

嘎亮（戴眼镜的人）

搞路子（做规矩、欺负人）

H

坏分（破财）

红外线（通路子）

红外线发紫（代表关系到位）

划胖（吹牛）

J

家生（武器）

结棍（厉害）

L

拉讲（吹牛）

连档或连档模子（合伙或合伙人）

搂把（合伙）
老卵（厉害、佩服）
老派（警察）
老派倒勾（公安局特勤、暗探）
勒拉一道（在一起）

M
铆牢伊（盯住他）

P
排头（牢头）

Q
翘边模子（托）
腔调（气质、气场）
枪手（需要露脸、曝光的操作人员）
抢跑道（抢着坦白，争取从宽处理）

S
收风（监狱里锁门）
山上下来额人（坐牢回来的人）
手条子（手段）
事情爆特（事情败露）

T
趟盘（发生意外时处理纠纷）
坍台（俚语：丢人）
头官司（第一次坐牢的人）

停在杠头上（上不上，下不下的感觉）
探头（监控摄像头）
头皮撬（不听话、捣蛋）

W
五斤吼六斤（费力气）
乌里麻里（啰唆、烦人）

X
小嘎吧气（小气）
小鬼头（小孩子）
小垃三（生活作风不正经的女流氓）

Y
伊拉（他们）
轧轧苗头（看看、等等或领领行情）
摇账（赚钱）
一个船队（团伙）

Z
蘸酱油（拿好处）
走钢丝（在法律边缘行走）